崇高的卑微

刘智远 著

黄河出版传媒集团
宁夏人民出版社

图书在版编目(CIP)数据

崇高的卑微 / 刘智远著 —银川：宁夏人民出版社，2017.1（2023.8 重印）

ISBN 978-7-227-06621-7

Ⅰ.①崇… Ⅱ.①刘… Ⅲ.①散文集-中国-当代 Ⅳ.①I267

中国版本图书馆 CIP 数据核字（2017）第 025164 号

崇高的卑微　　　　　　　　　　　　　　　刘智远　著

责任编辑	白　雪
封面设计	陈冰融
责任印制	侯　俊

黄河出版传媒集团
宁夏人民出版社　出版发行

出 版 人	薛文斌
地　　址	宁夏银川市北京东路 139 号出版大厦（750001）
网　　址	http://www.yrpubm.com
网上书店	http://www.hh-book.com
电子信箱	nxrmcbs@126.com
邮购电话	0951-5052104　5052106
经　　销	全国新华书店
印刷装订	三河市嵩川印刷有限公司
印刷委托书号	（宁）0027069

开本	880 mm×1230 mm　1/32
印张	6.5
字数	150 千字
版次	2017 年 2 月第 1 版
印次	2023 年 8 月第 2 次印刷
书号	ISBN 978-7-227-06621-7
定价	38.00 元

版权所有　　侵权必究

写在前面的话

我起初还不能理解，智远学哲学的为何要花费时间写一些散文，后来我在 XJ 大学和智远一起上哲学课，见到了他的博士导师陈学凯教授。课后陈老师和我们聊天，才让我真正理解了文学、哲学，以及它们所共同关注的"世道人心"。于是为自己的无知感到羞愧。原来我一直认为的哲学却是一个狭隘的概念，就像我曾试图一定要区分纯数学和应用数学的范畴，浪费了无辜的时间在概念的界限定义上一样。

我看到过写作给他带来的快乐。一次意外使得智远左脚跟腱断裂住进了病房，等待手术的前一天晚上他还坚持写作。左腿被固定不能动弹，他一手吃力地托举着笔记本电脑，另一只手轻轻敲击着键盘。病房的灯关着，室内留下电脑的亮光和着月光洒在病床上的一丝光亮，这个卑微的角落在深夜里显得十分安静。我不忍心劝他早些休息，或许这个时候的写作会给他一些安慰，让他坚强面对天亮的手术。我知道，此刻，这一定是最诚实的写作。

《崇高的卑微》的书稿放在我面前，我凝望着它，就像当初望着《永恒不在远方》。思绪回到了十年前潭城求学的日子。那时我和智远共用一台电脑，白天我在上面做数值模拟，晚上他用来写作。遇到时间冲突的时候，便换成他白天写文章、我晚上做模拟。倘若各自在学业中有了一点小成绩,我们就去北山的小吃街喝啤酒,喝醉了谈理想,谈哥廷根的数学,谈海德堡的哲学。简单的生活,却常常乐在其中。

我也常常在想,这世间需要去写的东西实在太多,但无论如何,将写作深入生活、深入社会、深入人心、深入这个世界确是永恒不变的主题。就像哥廷根的传统,至今流放着从 Gauss 到 Schaback 的科学精神,正是因为有了那样一份坚守,仿佛在一瞬间,整个世界都充满了意义。

刘智永

宁夏大学教师

西安交通大学理学博士

湘潭大学理学硕士

自 序

没有什么宏大的主题和波澜壮阔的历史叙事,在我的笔下,从来都是一些卑微的生命,一棵委弃泥土中的小草、孤蓬、残阳和喜鹊。

或者源自我根深蒂固的农村生活,我对卑微充满了丰富的感情,连我自己都常常感动其中。比如我骑着摩托车疾驶在雨中,有那么多的清早和黄昏,我都被一些隐藏在角落里的生命所打动。寒风刺骨的深冬,我曾跟在一辆平板三轮车后面,我看见车上一对小姐弟蜷缩在一床破旧的被褥里取暖,开心地玩着石头剪刀布,我便知我对待严寒的勇气还不够,使我受用很多。

漫漫人生也是一样,都因为真实和踏实而充实。写作对于我的帮助大约也是这样。它使我充实,使我无数次躲过喧嚣,选择了和自己的灵魂对话。近些年来,我尤其喜欢去琢磨生命不寻常的意义,从人和事当中,从自然和远行当中。

诚然,我写作的初衷一直都没有改变,我想着我能为我所生活的时代写点什么。至少,我能为我足下的这一片土地奉献些什么。路遥曾经说过,要"像牛一样劳动,像土地一样奉献"。我想,奉献是需要付出代价的,而我们的代价也无一例外的就是整个青春。我还想,真正的、诚实的写作,好像也改变不了这个世界的什么,但至少可以触及一个人的灵魂,使思考和改变从世界的最细小处发生,使文学从心灵开始,走向社会,走向世界更高的意义。

有一天,我的一名学生在我的微信上留言:老师,为什么很久都没有看到写文章了,您不写了吗? 呜呜呜……

我一阵怅然,一阵感动,这就是生活给予我的体验和力量,它比一切宏大都来得真实,使我愿意再一次勇敢地奔向新生活,去理解这世间生命不可忽略的卑微。

感谢妻子杨丽和女儿皓茹,她们和我一起承受卑微,面对过困难,分享过喜悦;感谢我的同胞哥哥智永,虽然我不是凡·高,但他就像凡·高的弟弟提奥一样,始终是一个坚定的支持者;感谢我的同事和我的学生,他们给予我的帮助和鼓励使我无数次备受感动;感谢宁夏人民出版社白雪编辑对书稿的呵护。

2017年2月于银川

目 录

第一辑 时光深处

003 ■ 永远把碗装满再还
005 ■ 岁月·秦腔·黄土地
007 ■ 永恒是条回家的路
009 ■ 我们把村庄忘记了
011 ■ 他们曾辛苦地活着
013 ■ 故乡还是我的故乡
015 ■ 我的母校
017 ■ 回　家
019 ■ 怀念岳母
022 ■ 山，挡不住云彩
024 ■ 有人的地方，世界就不冰冷
026 ■ 像土地一样奉献

028 ■ 匆匆那一年

030 ■ 雨无泪

032 ■ 一首老歌献给你

034 ■ 爆米花摊上传来了秦腔

036 ■ 凝望这个世界的眼睛

038 ■ 是什么打动了我们

040 ■ 住在郊外

042 ■ 歌声带我回家园

044 ■ 又一次想起我的村庄

046 ■ 故土,不老的秦腔

048 ■ 路

050 ■ 想起了我的一位老师

052 ■ 昨日重现

054 ■ 等待天亮

056 ■ 不能行走,就静下来阅读

058 ■ 且行且珍惜

第二辑　握手心灵

063 ■ 我恍然,原来这书才是传家宝
065 ■ 我的"角轩"
067 ■ 钓来一些快乐
069 ■ 一曲《琵琶语》
072 ■ 哲学·烟酒·闲话(一)
074 ■ 只需要每天进步一点点
076 ■ 天上要有星光
078 ■ 让阅读,再一次湿润我们干涸
　　　已久的眼睛
081 ■ 许多年后,你还会被人记起吗?
083 ■ 净　土
085 ■ 用好我们的四肢
087 ■ 喝一壶老酒
090 ■ 一个清绝的世界
092 ■ 小聚灵台
094 ■ 换一种态度活下去

- 096 ■ 人过三十
- 098 ■ 星星点灯
- 100 ■ 大学自习室
- 102 ■ 幸福,就在那一瞬的感动
- 104 ■ 一把二胡
- 106 ■ 一名教师的将来
- 108 ■ 献给世界一个好人、一首好诗
- 110 ■ 不能没有生活的激情
- 112 ■ 留给时间的敬意
- 114 ■ 漂泊的抒情
- 117 ■ 或许就是为了明天
- 119 ■ 听歌的人不许掉眼泪
- 121 ■ 还有诗和远方

第三辑　身在此岸

- 127 ■ 谁能帮我写个汉字?
- 130 ■ 不让浅阅读成为习惯

132 ■ 清廉是一棵不朽的甘棠树

134 ■ 笑着笑着又想哭

136 ■ 被老树的画刺痛

139 ■ 哲学·烟酒·闲话(二)

141 ■ 也说"猴王"上不了猴年春晚

143 ■ 你觉得有意思吗?

145 ■ 法师们的畅销书

147 ■ 蒙克的《呐喊》

149 ■ 宽容也是一种善良

151 ■ 演讲一定要接地气

153 ■ "权力瘾"要不得

155 ■ 这不是映秀

157 ■ 也议中国人的德行

159 ■ 不放弃文明的努力

161 ■ 等我们老了,会有信仰吗?

163 ■ 也说《杂文报》停刊

166 ■ 摔倒,使我想到……

168 ■ 上课,没人玩手机

- 170 隐在何处
- 172 买山而隐
- 174 我跟周星驰挺熟
- 176 狗的第二次驳诘
- 178 单纯也是一种力量
- 180 河阳山歌魂在哪里
- 182 隐逸的姑苏
- 184 小品文二则
- 186 再读《戴丽叶春楼》
- 189 给这个世界写点什么
- 192 《永恒不在远方》背后的人和事

第一辑　时光深处

我常常会在自己的本子上写下一句话:那时候时光悠悠,岁月纯白。那时候的雨水、那时候的雪花……那时候我们活给天看。

永远把碗装满再还

偶然读到一篇《永远把碗装满再还》的短文,使我想起许多事情。

在我的记忆中,母亲就是这样一个人。那时候日子过得紧巴,但邻里相处十分融洽。要是逢了喜庆日子,或者谁家做顿好吃的,都不忘记相互端来一碗。尤其靠近年节,炒一锅肉菜,总要先盛出来一部分放在灶台上。母亲是地道的庄稼人,人缘又好,受人的恩惠自然也不少。我通常能碰到村里的婶娘们端来各种饭菜,有时候是一些罕见的水果,还有亲手做的甜醅、酿的醋。

我喜欢帮母亲去还碗,在每一次享用完别人的食物的时候,那该是何等幸福的滋味!那时候,母亲总要先拦住我,叫我不要捧着空碗走。随后她拿碗进厨房,装满一碗食物出来。在我的印象里,那碗是不曾空着还回去的。

要还回去的碗里究竟能装些什么?母亲为此精心安排。要是夏天,她就往碗里装自己加工的酸菜;要是冬天,就添一碗瓷实的腌白菜;要是逢着了恰当的季节,母亲就给碗里装嫩嫩的苦苦菜、苜蓿菜;要是家里什么菜都没有,她就装上一块糜面馍馍。

总之,还人的碗不能空。这是母亲无形中给予我的教育。

如今长大了的我,离文字中的真理越来越近,离原汁原味的生活却越来越远。很多时候,我们受人的恩惠,却并不懂得偿还。我们忘记了那些在我们困难的时候给予过我们帮助的人,忘记了曾经一起历经艰苦的亲人和再要好不过的朋友,忘记了一块橡皮擦牵系着的同窗情和老师挂在旧教室墙壁上的教鞭。那时候我们终究也还没有想到:会有这么一天,共患难的不再同甘甜。

偶然的,我又听到一首歌——《老师,我总是想起你》,使我同时想起我遇到过的几位恩师。那时候,他们为我盛来一碗碗精神的食材,如今,我捧着碗要还回去,还人的碗不能空,我该在碗里装些什么呢?

前几日父亲来省城,执意要去看望他四十三年前读初中时遇到的一位数学老师。四十三年已去,年过古稀的老人早已认不得父亲了,但父亲依然还在认真地介绍着自己:"您不记得了吗?那时候您把我叫去您的宿舍,把您的一双球鞋和一件衬衣给了我……"我看见老人的眼里闪烁着泪花。

《弟子规》里说:"恩欲报,怨欲忘;报怨短,报恩长。"是的,还人的碗不能空。

岁月·秦腔·黄土地

晚上看陕西农林卫视，一段秦腔《黑叮本》又一次开启了我的记忆。

记忆中还是儿时的黄土地，青砖泥土砌起来的戏台屋檐下，远来故乡的燕子搭了窝。到了3月28日，说是太山爷的寿诞，也有说是谢山娘娘的逃难日，方圆几里好几个村子都唱秦腔。一连四天四夜，人们忙完地里的，饭也顾不得吃，就早早挤进了戏园子等着看秦腔。

那时候《黑叮本》是必唱的剧目，演丑角的诙谐幽默，逗得大人孩子止不住地笑，以致忘记了时间，忘记了饿肚子，忘记了满天星光灿灿。还有《三娘教子》《包公赔情》《血泪仇》等，到现在，和父亲一聊起秦腔来，总要说秦腔的唱词写得好。我那没有见过多少世面的乡亲们，他们长年累月地扎根黄土地，耕种收割，相夫教子，其间许多为人的准则和育人的规矩都跟秦腔有关。秦腔所吼唱的，既有来自历史的正义的力量，也有对这片土地深邃的守望。这也是秦腔在广袤西北大地开花结果的根源。

在琳琅满目的现代艺术世界中,还保存着秦腔,或者还有秦腔所坚守的那一份纯粹与真诚,十分难得。而我所担心的,并不是秦腔本身的消失,一如我的乡村被拆迁,或者我的记忆随之一起淡漠,这恰恰是支撑秦腔走向未来的根基——人们依然选择靠近善良和真实。

这个世界,依然需要去播撒爱和悲悯。

十二三年前,陕西乾县走出了一位叫商芳会的农家女孩,她跟着村子里的大喇叭哼唱秦腔,她嗓音沙哑,唱腔浑厚,自然天成。她的秦腔落在万山深处,仿佛遗落世间中的一声绝响。

绝响!是呀,若干年后,当我偶尔一次再遇见秦腔,我该以何等的心情去咀嚼我生命的土地和往事?我想向往去道声珍重,无数次的,是因为它对我们的未来还充满着意义。

——这就是秦腔。

永恒是条回家的路

父亲躺在炕上睡着了,挂在窗户边钉子上的吊瓶换到了最后一个。药水向滴管里滴,嘀嘀嗒嗒,和挂在后墙上的钟表一个节奏。我掏出纸和笔来,离了炕头,拉凳子坐到火炉旁。这时候屋外虽寒风呼啸,但阳光却姣好。我凝神片刻,在稿纸上写下一行字:永恒是条回家的路。

每一次回故乡,欣喜的是乡音还在,故土依然,乡情浓郁;怕的是这些熟悉的事物会因时间而改变。不知道什么时候,亲人不在了,我的记忆也随之衰退,渐渐地、渐渐地,我就真正成了故乡的客人。因而,我珍视这条路,这条永远都朝着家门的路。我开始恨自己的眼睛,为什么不能摄住故乡的每一寸土地。就在那东山梁上,十七年前的一个夏天,我和哥哥抬着粪筐急忙躲进田埂边的小窑洞,躲过了一场暴虐的雷阵雨。还有杨家河的芦苇,绿了一年又一年,纵然连年干旱,那芦苇的根却紧紧扎入黄土深处,像这里的农民,用至极的韧性拥抱着生命……

这一晃,我已经三十三岁了。

我想从消逝的时光中听出永恒的消息。我以为一切变化中,总有一些东西是不变的,比如这变化。早晨,还去了趟我出生的老屋。令我激动的是,这一天恰巧是我和哥哥的生日。回来的路上,经过高祖父的坟地,越过半截土墙,我捧着手机朝那长满荆棘的坟堆拍了一张照。我想,岁月埋下的是生命,滋长的却也还是生命,这此间,定有莫可名状的牵连,这牵连中,定有一些不变的东西。这不变的东西究竟具体指什么?我捉摸不透。我捉摸不透,一种活着的精神会像草一样裸露在大地,正像那路边的坟茔,没有墓碑,没有碑文,却一再开启着人们的善良和勇气。

炉火正旺,滴管里的药水浅下来。父亲从睡梦中醒来,精神了很多。

我们把村庄忘记了

顺手拿了份《光明日报》来读，看到三条图片新闻。一条说："春耕时节，位于桂林北山区的三江侗族自治县农民忙于整理耕地，水面如镜的田块，线条分明的田埂，与辛勤劳作的人们一起构成了一幅秀美的春耕图。"另一条说："新疆伊犁巩留县天山深处的库尔德宁镇、吉尔格郎乡等乡村野生杏树杏花盛开，吸引了大批游人。"最后一条说："当日，雷雨过后的安徽皖南宏村古村落出现了罕见的'平流雾'景观，与一栋栋徽派古民居相映成趣，美不胜收。"

三条新闻都和村庄有关，图片上的景致十分怀旧。然而我又禁不住唏嘘，也不知是从何时开始，这春耕、杏花、田园……再平常不过的生活意趣竟成为了新闻！也不知道许多年以后，村庄会不会也随之成为一种新闻，会不会也有报纸报道：四月的某一日，记者在西海固发现了村庄？

我们把村庄忘记了，这个体认源于我不久前回乡的见闻。为了进一步发展旅游业，家乡的村庄面临第二次拆迁，这使我怅惋。我开始怕，怕熙熙攘攘的人群把古老的磨坊吵醒，怕挂在墙角上的簸箕掉下来被人踩坏。我几近邪恶地希望我的村庄还保持着那么一种贫穷,人们并不为金钱利益而增加往来,却仗着共同的命运和朴素的同情心相互扶持生活。在村庄活着,我往往被一切生命打动。

后来读《庄子·让王》篇,读到原宪和子贡的对话,我便知道"贫"比"病"要好很多。原宪说一个人没有钱财,那只能叫作贫,懂得知识和道理却不能施行那才叫病。现在,这村庄和人一样,我们能容许它维持着贫穷,却不忍看它去生病。倘若一座座城市接二连三地"病"了,村庄就更需守住它原始的健康和活力。

我们不应该把村庄忘记了,不应该忘记袅袅炊烟、田园牧歌……不应该忘记的还有很多,王跃文说"忘记,在我们身边,俯拾皆是"。如若村庄真的消失了,至少,我们还应当记住乡愁。

他们曾辛苦地活着

2009年，我写过一篇纪实散文——《家谱》。那是在深冬的故乡的热炕头上，我被祖父的故事打动了。

从此我记住了"黑的"这个平凡的名字——我的高祖父。是他，挥泪告别故土，离开甘肃省秦安县高刘家亚安伏家河这块在我脑海中无数次浮现过的土地，一路逃荒到西吉县一个叫菜科的地方；也是他，在菜科东南角的荒山下挖了窑洞、种了地，埋下这个家族的根。

我崇敬这个名字，在我着手整理家谱的时候，我又一次去了他的坟上。回来后，我在"黑的"两个字下圈了重重的两个点。至今我还在想："黑的"是怎样艰难地活下来的？从1890年背井离乡到1920年遭遇海原大地震，浪迹了整整三十年。

"黑的"葬在了穿过菜科的公路边，坟茔距离他先前住过的窑洞只有百米远。百米的距离，阴阳两隔，到如今也隔出了近一个世纪；百米的距离，一瞬间，不就寓意着人生的匆匆与短促吗？"黑的"没有来得及留下一句话就走了，我的高祖母也在地震中失去了生命，竟连尸体都没有找到。

我的曾祖父弟兄有四人，曾祖父排行老大，他活到了七十五岁，是家族中的第一位高寿的人。曾祖母却常年病身，如今连病故的年份也都没能记得清楚。祖父一辈都还活着的时候，我就听他们常常提起曾祖母，说曾祖母是一位十分贤德的农村妇女，宽宏大量，勤俭持家。值得一提的是，几日前春节回乡，我有幸去了趟曾祖母的娘家，差不多翻了整整两座山。这一路，我看到的已经是现代化的新农村，双坡琉璃瓦房，很难再体会到曾祖母她们当年面对的是何等的苍凉。然而，冥冥中依然能感觉到一种牵引，或许是来自于我对家族精神史的探索欲望，使我忍不住几回回头望，望向那一道道山梁。

这几代人的路，几代人的黄土高原，几代人的眼泪和汗水！

记得三年前祖父百日祭日的时候，曾祖母娘家送来了一副匾额，上书：一世勤劳传家风，终生俭朴留典范。"勤俭"二字怕是再准确不过了，这才是这个卑微的家族一路走来最真诚的写照。

这副匾额，是送给祖父的，是送给曾祖母的，是送给"黑的"的，是送给家谱上写着的一个个人——曾经辛苦地活着的他们——我那善良的祖辈。

故乡还是我的故乡

现在,我已真实地站在东山梁上,低矮的土坯房在山沟长年累月地守候着。冰天雪地里,黄土高原显示出一年特有的强劲与骨感,一道道的坎、一块块的庄稼地……

——题记

在城里生活久了,我就想着法子、找着理由往农村走。我知道,我开始反复听儿歌、反复听轻音乐的时候,我就离回乡的日子近了。无数次,我想起田园牧歌、想起炊烟、想起那片超尘的村庄。

有时候,我还会特意找乐子打发这样的愁绪,比如在闲适的午后为女儿缝一个沙包,教她叠纸船,或者跑到小区里一块空旷的场地上玩"跳房子"。记得在微信里读到过这样一句话:"如果你能看懂下面一组图,那就证明你真的老了。"组图所描绘的全都是我儿时做过的游戏:跳皮筋、丢沙包、抓五子、抽陀螺、老鹰抓小鸡……

或许对于故乡,我真的老了。不,应该说对于故乡的记忆,我们这一代人生疏得太久了。我尽可能地在女儿身上复制,像是去寻找我自己的回忆一样。有一些纯粹的欢乐总使人无法忘掉,那时候的我们没有光鲜的礼物和奢华的食品,就一个小小的染了红墨水的陀螺。这一切,都使我魂牵梦萦。

而每一次回故乡,我也都想去站在一个离故乡最好的角度,我希望能看到故乡的全部,那些往去的人与事及穿梭在乡间小道上的牛和羊群。就像这一回回故乡,我一口气爬到了东山梁,为此,我等着一夜的大雪在第二天的阳光下融化。独独这个时节,漫山遍野的荆条、刺蓬、苜蓿和杏树都呈土黄色,最像西海固人民。这些耐旱植物把穷山守住了,一茬接着一茬,也正是它们,给予了黄土高原真正的力量。

站在东山梁上再向东北方向望去,就是通向省城的公路。公路绕过苏堡河一头扎进群山深处,万木香舞台就坐落在河岸的东侧。八年前我写过一段题为《万木香舞台》的纪实文字,那时节正好陕西秦腔黑团来小镇演出,四天四夜,十里八村的前呼后拥赶去万木香舞台,十分的热闹。斯时已去,如今,那些听戏的人也已天南海北,可是万木香舞台还在。

一百年、一千年……多少年以后,万木香舞台不在了,黄土高原是否还在?但,故乡还是我的故乡。

我的母校

讲座结束正好是晚上九点,我迈出报告厅,静静地伫立在夜色中的广场上,感受着这里的每一寸气息。这就是我的母校,阔别十三年,她却依然守候在山城,像黄土高原上的母亲一样,使人感到无比的温暖和踏实。

和着无际的回忆和感慨,我已然沉浸在时光深处,久久不能自拔。那远处熟悉的北山和北山吹来的晚风,那肃然静默的南山和南山送去的数个寒秋……一切都使我受用,使我感动,使我渐渐趋向纯朴。

记得十三年前,也是晚上九点,第一个晚自习下了的时候,通校生陆陆续续回家去,住校生跑进宿舍打水、铺被子、啃馒头。我便挤出时间跑到广场上,任晚风包裹,拼命呼吸,感受山城的味道。那些时光,夜色和困难的日子同时给了我力量。

第二个晚自习开始,学校就不供电了,大家集体点蜡烛,也没有了下自习的铃声,用功的学生往往会学习到深夜。一根蜡烛支持不到三个小时,一周下来要用去好几把蜡烛。住校的学生,桌仓里无论如何都少不了几根蜡烛。为了节省开支,有时候四个人点一根蜡烛,甚至六个人,拼了两张课桌在一起围着坐。

食堂里的饭菜是吃不饱的,但现在想起来又很怀念。平日里是一碗黑面条,只有星期三中午灶上才改善伙食。有时候是土豆丝盖白面条,有时候是两个馒头加一碗菜汤。大家都十分期待周三中午的伙食的改善。要是有一次被做饭的忘记了,或是有意挪了别的日子,我们都要恨上好几天,直到下一次"丰盛"的饭菜真切地呈现在眼前,才肯去和做饭的人多拉上几句话。

那学校近旁的小商贩也会瞅时机,在我们吃饭的点上推了自行车来卖咸菜,一撮一毛钱,还有卖大蒜卖葱的,都十分的惹人。

我的大表哥那时节在呼和浩特读中专,回家路过山城的空当来看我和哥哥,说他不知道买什么才好,就买了两斤大蒜,很合我们的心意。

日子虽然清苦,但我们学习的劲头并不减,形成了反比。来母校讲座前我还在琢磨:我的母校,究竟给了我什么?再三思索后,我即在讲稿上写下一句话:母校给予我们的,应当是一种不屈服于物质的匮乏,不自卑自弃,永远向着光明和理想的、逾越苦难的精神,他和黄土高原上的人民的精神永远牵连在一起。

是的,这一刻的我,清晰地站立在夜色中,站立在母校,是否会选择和十三年前的那个自己一样,借用这短暂舒展来开启生命新的能量?

敬爱的老校长一直送我们出了学校的大门,一再表达谢意,真诚地挽留。我回首校园,教学楼的灯一排排,亮堂、整齐,叫人一阵感动。

此一别,明天我们又要开始赶路。

回　家

父亲骑摩托车将我送到小镇的路口，那一条通向省城的山路在雨中等待着。多少年了，它总是那么无言地望着我，望着我一个人行走，望着我默默流下的眼泪和前一个夜晚里就涌上心头的思念与孤独。

它无数次使我陌生，让我在这一刻得到安慰。

父亲的背影缩小在大山深处，随即，淅淅沥沥的一场雨朦胧了这个中秋的午后。就在一个小时前，父亲还从衣兜里摸出钱来抢着替我付路费。十几年了，他的习惯一点都不曾改变。母亲，一大早起来就为我张罗饭菜。她冒雨钻进玉米地，也不知道什么时候把煮熟的玉米棒塞进了我的提包。踏出家门的那一刻，我回头看了看两岁的女儿，母亲正抱着她。她傻傻地盯着我，又盯一盯我的提包，而后又盯紧了我。我赶忙上前去，对着她红扑扑的小脸蛋亲了几下。一回身，却见母亲眼里早已装满泪水。而我的妻子，此时正远在江城，照顾着病重的岳母。

生活的具体使我踏实，同时使我愧疚。天下的父爱，天下的母爱,一直这么相似、这么一致,一直这么存在得真诚而不经意。很多时候,因为习惯,我们轻易地挥霍了父母给予我们的那份爱,那份我们总以为陈旧了的情感。我们习惯地以为母亲越来越爱唠叨,习惯地以为父亲从来都那么古板、严肃、沉默、不解风情。其实那个无数次被温暖着的和儿时被逗笑了的我们,就是父母留给我们在这个世界最好的礼物。这些,因为回家使我渐渐开始明白。

班车过了小洪沟服务区,我掏出三叔昨天从工地上领回来的月饼,圆圆的,咬上一口,甜甜的。今夜或许见不到月亮了,但我深信,这些盛满岁月的情意在向天空划出一道最美的弧线。

那是日子留下的光影。

怀念岳母

平桥村大坝流水潺潺,催促着又一个春天将要过去,菜籽都黄了,颗粒饱满,骄傲地向着楚天这片深沉的土地。然而我的岳母却早早地离开了人世,再不能去看她的菜籽花,不能卷起裤腿去插秧,不能喂那才孵出不久的一群小鸡,再不能把卖稻谷的钱存进古旧的抽屉里舍不得花……

现在,她的灵柩就在我的眼前,静静地,一阵香火缭绕,一阵阵心酸。

想起第一次随妻子到平桥的情形来,那时节岳母的身体还硬朗。听到我们的脚步声,她就快速从屋里迎出来,用浓重的湖北方言连声说道:"稀客,稀客!"之后的话全仗妻子在一旁翻译,我虽听得不大明白,但语气中的那份淳朴和真诚却使我一再感到温暖和踏实。往后的许多回见面,我和岳母聊起来的话题并不多,或许是因为语言上的障碍,或许是因为她每次都要钻进厨房去花大量的时间张罗各种饭菜。甚至有的时候,就只搬一把小竹椅来坐在我们跟前,捡着她从地里刚刚割回来的菜,从不插一句话,默默的,又不时抬起头来看看这个看看那个,脸上充满了笑容。

　　岳母是善良的,然而善良的人并不当然就能得到个好安顿,她才过完五十九岁生日不几天,她为她的善良一直付出着沉重的劳动。她去世的这一天是劳动节,当人们正沉浸在小长假的旅游和各种聚会的快乐中的时候,有谁会知道,荆楚大地上这一位再平凡不过的母亲,永远离开了她守候的庄稼。她的最后一个劳动节,成了她一生劳动的崇高赞礼!

　　离开了,她将不再经受劳动的煎熬;离开了,她将不再为种种忧伤流下眼泪。第二天,她的尸体将被火化,她的骨灰要永远葬在她耕种的土地上,待到菜籽花再开的时候,待到大坝潺潺流水经过平桥村的每一片稻田。

　　她的离开,并不因此和这世界断了缘。

　　在她灵柩的近旁,我还看见那条伴着岳母度过余生的小黑狗,就那么一直静静地蹲在跟前,守候着它的主人。真不知到了明天,它又要向何处守候?它是否也会悄悄地低垂着流眼泪?如果它真的明白死亡的话。陡然又想起白天在往湖北赶来的路上接到女儿的电话,电话一头,女儿声音稚嫩地问我:"爸爸你干什么去了?"

　　我说:"去湖北外婆家。"

　　"哦,外婆想我了没?"她接着问。

　　我说:"想了!"

　　一个两岁多的孩子,她怎么能明白这世间并不有恒常的肉体。但那一刻我真想再告诉她,外婆的爱还在,那一定是神圣、永恒、不可剥夺的!如果她真的明白的话。

　　四周都沉寂了下去,夜色笼罩着远处的山峦和大地,鸟儿已栖息,椿树还在散着香气。我想起一个月前和岳母一起掐香椿的情景来,那时她的身体已经不适,却还坚持为我们准备各种食材,永远都闲不下来。每一次临别,她都要往我背包里塞进一袋生花生,有时候才从地里拔回来,还带着泥土气息。也有南瓜子,遇着了季节,就能从树下捡回来板栗,挑了大大的装满一塑料袋塞给我。这些散落在记忆深处的看似卑微的东西,却默默传达着温暖和亲情,叫我怎么都忘不掉。

忘不了她提了篮子去赶集、捏了镰刀去割草、戴了草帽去下秧的各种忙碌;还有岳父去世时,她撕心裂肺的哭泣、扑簌簌的眼泪。

忘不了,平桥村大坝亘古的潺潺流水,像一位时光老人在告诉大地上的孩子:去靠近世间的真实和善良,用经久不息的爱,去拥抱我们本来卑微的生命吧!

山，挡不住云彩

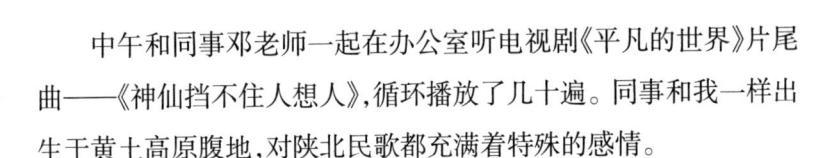

中午和同事邓老师一起在办公室听电视剧《平凡的世界》片尾曲——《神仙挡不住人想人》，循环播放了几十遍。同事和我一样出生于黄土高原腹地，对陕北民歌都充满着特殊的感情。

时隔多年，总听不够。迂回曲折的调子一响起的时候，饱含在唱腔里的那一阵心酸就使人想起黄土地。眼前浮现的是一大片一大片山峦；梯田爬到山腰；窑洞散落于万千沟壑；赶着羊群的老伯没在圪梁深处；近处，犁铧拨开又一个清晨……

这些都是熟悉的远去，却令人无法忘怀。忘不了，一前一后沿着耕牛的足迹播种；忘不了，雨后的彩虹装扮了夕阳下的村庄。陕北民歌歌手贺国丰为电视剧《平凡的世界》做了一首好歌，好的歌曲就是这样，让人隐隐疼痛，因为回忆；让人暖暖地沉浸，因为真实。片尾曲里，他的声音如泣如诉，却又裹挟着一种震慑灵魂的力量。无论低沉悠长，还是撕裂的高亢，仿佛一切都不是用技巧来完成的，而是顺了黄土地滚动流淌的岁月和生命，迸发出它最原始的呐喊：

山　挡不住

挡不住　挡不住　挡不住云彩

树　挡不住

挡不住　挡不住风

神仙　挡不住

挡不住　挡不住　挡不住人想人

神仙　挡不住

挡不住　挡不住　挡不住人想人

羊啦肚子手巾呦三道道蓝

咱们见啦面那容易

哎呀拉话话难

一个在那山上呦

一个在呀沟

咱们拉不上那话儿

哎呀招一招呦手

……

　　我钟爱陕北民歌里那拖得很长很长，又愈来愈强烈的抒情基调，就像干旱土地上长得很艰难的庄稼，也像一个站立山梁的人，在恢宏和苍凉并生的土地上，播下去的不仅仅是一个人的口粮和一粒种子。在他的身后，我们看到一大片一大片绿油油的庄稼破土而出。希望，如初升的太阳一样，从东到西，掠过千家万户。

　　山，挡不住云彩！

　　是的，苦难挡不住信念，干旱挡不住种子，神仙挡不住人想人。

　　贺国丰说：用情演唱，能够打动听众。

　　对我们来说：用情生活，就能打动这个平凡的世界。

有人的地方，世界就不冰冷

很少因为一部电视剧掉眼泪了，此刻时间已过凌晨，我怎么也睡不着，又到了新的一天。

想起方才电视剧临尾处，孱弱的秀莲躺在板车上鼓足精神对孙少安说的一句话："天亮了"。这时节，双水村又过了新的一年，土地醒了，人醒了，时光醒了，仿佛一切都被重新洗礼，人们开始沐浴新的空气和新的岁月……

天亮了！

这样的世界的确很平凡，平凡得像一块煤、一根草、一把焦灼的黄土。然而这样的世界同时又很丰富。苦难，在压迫人的脊梁的那一瞬，便已经把毅力储存在人的肩膀上。"人的生命力，是在痛苦的煎熬中强大起来的"，"只要是有人的地方，世界就不是冰冷的"，这是《平凡的世界》给予我们最朴素的道理。

不论读原著还是看电视剧，都会有一气呵成的感觉。痛快的书写和演绎，都紧贴"活下去"这一主题。合上书本，关了电视，闭上眼睛，躺在床上，夜深人静的时候，我们都要问一问自己：人，应该怎样去面对和选择过好自己这一生？是卑俗地侍奉还是勇敢地奋斗？是屈膝还是挺立？不同的生命，呈现出不同的境遇，但对待生命的态度的不一样，却也可能使这世间最卑微的生命从世俗一直走向崇高。这就是奇怪而复杂的人！

人，要向这个世界最终显现和表达的，不是足够体面的排场，而是足够丰裕的精神。

人，最终要把自己的精神和土地的厚实融为一体。

田晓霞去大牙湾煤矿看孙少平，跟着他一起到井下，被眼前的情形震慑住了。她在日记中这样写道："我紧紧地抓住他的手，和他一起爬过横七竖八的梁柱，这就是我亲爱的人，长年累月劳动的地。我这才是第一次知道，我握着的这个手是多么的有力、亲切和宝贵。我不知道什么时候开始哭了，眼泪和汗水在脸上漫流，黑暗中没有人发现我在流泪，我为心爱的人流泪。直到现在我才切实地明白，他在吃怎样的苦，他所说的沉重究竟是怎么回事。"田晓霞牺牲后，孙少平还去古塔山的杜梨树下赴约，在那么一个静寂的世界里，读着这样的文字……我的眼泪止不住夺眶而出。

人活在世界，不历经重重苦难，便始终无法想象这个世界的苦难会有多深；人，倘若不懂得用热情去拥抱和温暖自己的土地，就永远无法走出寂寂而冰冷的世界。当世界再平凡不过的时候，人，一定还要记住，永不凋零的信念总在为生活增加颜色。

世界是平凡的，但我们可以活出不平凡的自己！

像土地一样奉献

路遥的墓地静静地矗立在黄土高原深处,墓地前方是半身汉白玉石雕塑,雕塑中的路遥,平静而坚毅,远远地望着前方,望着他的母校,望着陕北这片黄土地……

诗人谷溪说:"路遥虽然只度过四十二年的短暂人生,但他有大情怀。"路遥病逝前曾嘱托谷溪,他死后要埋葬在延安的黄土山上,要与生他养他的陕北高原融为一体。

在他墓地后方的墙壁上,镶嵌着一行永不凋零的文字,那是路遥一生的写照:

像牛一样劳动,像土地一样奉献。

我读着这样的文字,迎接着黄土高原又一个春天,这时节,白杨树抽出了浅黄色的嫩芽,微风徐来,仿佛整个世界都变得善良了起来。

路遥一生沉浸在苦难岁月中。夜晚,就在窑洞的煤油灯下运思。他所关心的,是人类最根本和最真实的主题:人,应当怎样活下来,怎样活着,又怎样活下去?他所关注的,也是人生最悲苦和最坚韧的一面。他的《平凡的世界》就呈现出了一个关于"活着"的画面。活着很艰难,但活得再艰难,都不能没有希望、爱和尊严。在热播的电视剧《平凡的世界》里,孙少平和孙少安并排蹲在村头的土埂子上,孙少平对哥哥孙少安说:"我老记得你以前跟我说过,你说原来人可以这样过,就笑着,一直就这么笑着过。"孙少安噙着眼泪回了句:"那笑着是对的嘛,而且咱们这个村子里,也需要笑着过的精神。笑是好事,当农民也要当笑着的农民。"路遥所要揭示的是:一个人,在面对苦难的时候,更要有一种不懈的奋斗精神,苦难越深重,战胜苦难的精神品质就越加高贵。

人活着,可以平凡,但不能平庸!

往后,我还当如读大学时的日子那样,需要择一块静静的草坪坐下来,捧读路遥的《平凡的世界》,捧读我们的青春和岁月:

一个平平常常的日子,细濛濛的雨丝夹着一星半点的雪花,正纷纷淋淋地向大地飘洒着。时令已快到惊蛰,雪当然再不会存留,往往还没等落地,就已经消失得无踪无影了。黄土高原严寒而漫长的冬天看来就要过去,但那真正温暖的春天还远远地没有到来。

匆匆那一年

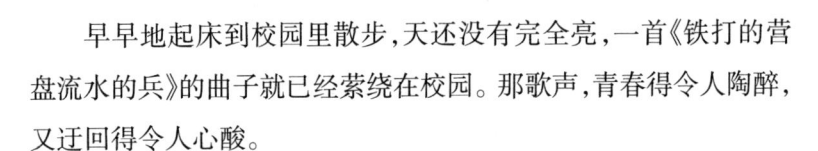

早早地起床到校园里散步,天还没有完全亮,一首《铁打的营盘流水的兵》的曲子就已经萦绕在校园。那歌声,青春得令人陶醉,又迂回得令人心酸。

一个士兵,就要离开他生活过的军营,要和他亲如兄弟的战友告别,毕竟有着太多太多的不舍。

……
忘不了第一次手握钢枪的陶醉
忘不了第一次紧急集合的狼狈
忘不了第一次探家的滋味
忘不了第一次过年深夜独自一人想家时流眼泪
流过多少汗哪
但我从不后悔
吃过多少苦啊

但我从来不觉得累

　　铁打的营盘流水的兵

　　……

　　校园里还很安静,除了歌声,恍如一切都在梦境中。我独自一人遛到操场上,澄澈的月亮就要走了,嬉戏和打闹尚未到来,不知这余留在天际间的一席空白,是否还容许我们去描绘?时光洒在这土地上的颜色。就在匆匆那一年,我来了,你来了;匆匆的又一年,你走了,我还在;匆匆的许多年,你又来了,我走了。

　　是谁,留下一阵感慨,把最后一滴眼泪埋在了芬芳的泥土中?在他踏出校门的那一刻,往事涌上心头。

　　我无数次看到过这样的情景,面对曾经那个年少轻狂的自己,回顾摸爬滚打的日日夜夜,和看上去猪狗不如的日子……沉思,反而陷入另一种境地,陷入一种高贵的沉默……

　　是时间规劝了我们。原来,人,可以通过否定自己,进而再一次鼓励自己。

　　尽管回忆是老陈的,但回忆也一样属于年轻人。

　　一次,读到一条微信,说:"自从坐上大巴离别故乡的那一刻起,我的故乡里就只有了冬,再也没有春夏秋。"是的,匆匆那一年一别,我们只对着窗外轻轻一挥手,却挥去了再也找不回来的季节。

　　还有多少次,今后的我们在匆匆中背起行囊,我们要与往日珍重道别。我们含着眼泪的回眸和一声"不后悔",就是那一年最好的故事。

雨无泪

骑着摩托车在雨中一路穿向郊区,雨水打湿了我的头发。那雨滴,就像泪水一样,冲洗着我的脸颊,洗涤着我的灵魂。

行人一少,城市的街道就空落,两旁路灯便会格外引人注目。这是寒冬再平常不过的一个夜晚,我却要为这场雨和这错综的时光执意留下一些思考的笔墨。

白天,一位名叫政博的学生来找我,和往常一样,口袋里装着他写的几首诗。他这样一来二去,已经有很多回了,每一次都要说上许多掏心窝的话。说是怕打扰我,又要耽误我的时间……因此,反而耽误了我不少时间。但我未曾打断过他一次,因为从他的言辞里,我读出了青年一代越来越少有的清寂和孤独。这是不幸,同时是好事。我问他,往后可以把文章传到我的QQ里,他说老师我没有QQ。紧接着他说他前后复读过两次,有一年村里发大水,颗粒无收……全跟我问的问题无关。他的诗和他的说话一样的漫无目的,但他这个人又实实在在打动了我,就是因为真实。

在他的笔下,黄昏、落叶、雨,藏进了太多的泪水,也许是和经历有关。忧伤的时候,写诗,就成了他了却孤独最好的方式。但我真心希望:善良的人都能从阴雨中走出来,在看到萧寒的同时,也能看到那明媚的阳光。

　　落叶、雪花、雨水,一切从天上降下来的东西并不总是不幸。曾经读到过一篇叫《笑给天看》的文章,里面引述了《佐贺的超级阿嬷》一书中阿嬷面对贫穷倔强生存的故事,文章结尾处写道:"读完最大的感想是,我母亲说:再艰苦也要笑给天看。佐贺的阿嬷却更犀利,她是:再艰苦,也要让老天笑出声来!"我想,我们管不住老天,却总能管理自己。多少回,任它风吹雨打,不惧、不避、不倦。我们也要像佐贺的阿嬷一样,笑着活下去,即便捡拾一片委弃的菜叶,也能嚼出生活的滋味来。

　　车灯在夜色中起舞,车轮碾起了一片水花,透过雨帘,我看见街边一家熟悉的小店还未打烊,那时候,想必屋内炉火正旺。

一首老歌献给你

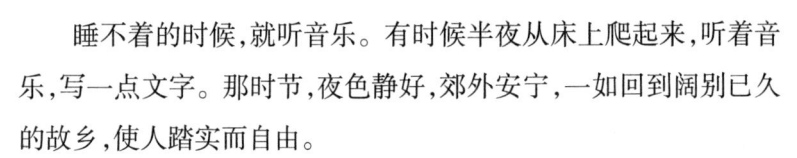

睡不着的时候，就听音乐。有时候半夜从床上爬起来，听着音乐，写一点文字。那时节，夜色静好，郊外安宁，一如回到阔别已久的故乡，使人踏实而自由。

一首熟悉的老歌萦绕耳边，就像和老朋友谈起往事一样，缓缓的，如流水，岁月就灌满了心身。

贝多芬曾说过："音乐是比一切智慧、一切哲学更高的启示，谁能渗透我音乐的意义，便能超脱寻常人无以自拔的苦难。"

尚未得到这更高的启示，我即选择了在夜晚就着音乐来咀嚼人生。

其实，叩问生命的方式还有很多，比如戏剧、小说，但音乐，却是最直接、最简约的一种方式。它那起伏的节律一定与心脏的跳动关联，所以才牵系着我们的灵魂。很多回，音乐带着我们走向善良，就像照见了那个寒碜的自己，曾经坐在只有一个小火炉的旧教室里，膝盖上还打着补丁。假如你不曾忘记，一首熟悉的老歌萦绕在故乡的校园和田野，断了半截的三角板就还停留在你记忆中的铅笔盒。还有红领巾、少先队、贴了一墙壁的奖状……

　　行走,无论将来在哪里,或者明天太阳照常升起的时候就已经忘记昨夜开启的那一阵感动,却总有这么一天,我们会俯下身来拾到一个遗落了的自己。往事,只因一首熟悉的老歌而更加清晰。

　　哪一首曲子,至今还唱着我们共同的东西?

　　一如六十年前的某一天,作曲家刘炽坐在北海公园的一块大石头上写下《让我们荡起双桨》。六十年过去了,泛舟小湖的那一批小朋友如今已年迈,或已故去,但清澈的童声却属于任何一个时代。就因为,在一代一代人的生命中,都存在着一些共同的东西:那便是青春、希望和梦想;便是构筑在我们生命中的期许和等待。像等待一场重逢一样,有那么神圣的一刻,我们和过去的自己握紧了手。

　　还有《鲁冰花》《凤阳花鼓》《童年》……这些曾经自然地流露的生命音符要使我们在现代都市的夜晚中保持一种崇高的欣赏态度,已经很难很难了。但我依然相信,艺术终有一天会回归到它的使命。

　　在狂欢的娱乐洪流中,一切都在迅速改变,玖月奇迹却固执地续写《新康定情歌》。唱词十分耐人寻味:

　　今天我们在这里相聚,一首老歌献给你。铭刻一个时代的印记,唱出我们共同的期许。走在街上,世界已改变,不见夜空星星,只有霓虹灯。再也不见往日的感觉,只有一首老歌它不会变:跑马溜溜的山上……

爆米花摊上传来了秦腔

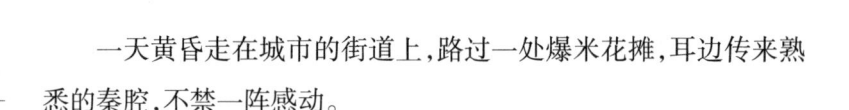

一天黄昏走在城市的街道上,路过一处爆米花摊,耳边传来熟悉的秦腔,不禁一阵感动。

一位约莫四十岁的大哥,黝黑的脸上挂着一丝令人踏实的笑容。他左手捏着铲刀,随时预备向火炉里添炭,右手熟练地转动着爆米锅。在他身旁装了生玉米的编织袋上,放着一个普普通通的播放机。他一边认真经营着小摊,一边哼唱着秦腔,看上去乐观又自信。

那时候炉火虽旺,但小摊太小,火苗怎么也映衬不出这座城市的背影。就那么安然独立,在泻着时光的黄昏中,它像一个忽略已久后被重新发现的世界。

仿佛有很久我没有被这样纯粹的情形打动过了。这使我想起电视剧《平凡的世界》里的一段旁白,说的是孙少平和大牙湾煤矿上所有的青年:他们有理由为自己的劳动而自豪,尽管外面世界不知道他们的存在,但他们给这个世界带来力量和光明!

是的,人活着,不能忽略他存在于这片天地中的意义,纵然我们曾被这个熟悉而陌生的世界忽略过,甚至抛弃过,我们也依然要看到生命的灯火和希望。乐观、自信、有力量地活下去,我们才能走出更多的苦难和悲伤。

孙少平在大牙湾煤矿那样一个闭塞的环境里默默生存,他靠的就是内心的坚韧。人,越是逾越过一重重苦难,越是能体验到一种生命的密意,越是能发现藏在骨骼里的硬朗和人心的力量。即便在暗无天日的矿井下挖煤。

我们应当乐观起来才对,让自己的世界更加精彩!

不知不觉地走到春天,遇到第一朵迎春花;不知不觉地爬上小山,俯瞰生活的这座城市。

我们也应当用聆听秦腔的那么一种诗意来守住我们生命的小摊,用阳光和自由来填充我们的心灵。

我们要绽放出生命之花!

凝望这个世界的眼睛

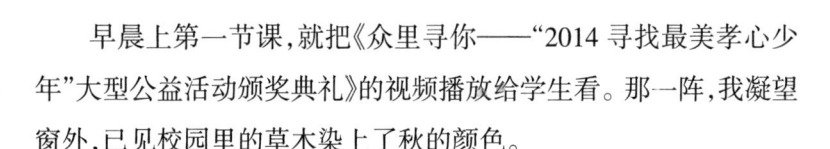

早晨上第一节课,就把《众里寻你——"2014 寻找最美孝心少年"大型公益活动颁奖典礼》的视频播放给学生看。那一阵,我凝望窗外,已见校园里的草木染上了秋的颜色。

晚秋,的确是一个拨动心弦的季节。有的叶子离了树,有的叶子还痴痴地环绕着,像人一样热情地眷恋,孤独地纷飞。只为这一瞬,在演出即将散场的时候,万物都认领了各自的任务,尽其所能去展现一种沉甸甸的骨力和壮美。

人,又何尝不是这样。

时间仿佛一把搅动命运的大勺,有人被拨进繁华的都市,有人滞留在贫瘠的山村,有人没在滚滚浪潮中,有人在沙滩上享受着阳光……但,这些还都不是生命的颜色,生命的颜色应当像随时光舞动的叶子一样,因为只有带上岁月的痕迹,才会显示出一种与众不同的美。这种美曾经多少次给我们以感动,不就是因为如那叶子一般,不弃于短暂的依偎,不弃于卑微,在凛冽的寒风中勇敢地摇曳吗?

人,多么的平凡,平凡得如一片叶子。

人,又多么的高贵,高贵得如钻石。

昨夜,当我看到五岁的小梁蓉在跟残疾的妈妈抢夺掉到地上的食物吃的时候,那一刻,我同时看到亿万观众未泯灭的爱的火焰在熊熊燃烧。就是那么一个小小的不经意的角落,却藏着这世上最朴实的道理。再朴素不过的生活,爱无声地传递着温暖、善良和希望。

世界上,就有这么一片叶子和这么一棵大树,它们在苦难中结了缘。

一首《众里寻你》的片尾曲把我重新拉回到教室,直到下课铃声响起,歌词依然激荡在心中:

琴键黑白分明,像你,凝望这个世界的眼睛。这首歌只为你而唱起,我弹奏每个黑夜和晨曦,为你留下爱的光影,从暗到明,从东到西,那重叠交替,十指连心,温暖次第……

是什么打动了我们

　　我没有午休的习惯，是因为觉得午间的这段时光很奇妙。就像今天，其实也是一个和平日里一样普通的一天。我坐在办公桌前翻看一本《读者》，电脑里正循环播放着一首好听的曲子，是刘和刚的《拉住妈妈的手》。

　　窗外并不十分宁静，时近中秋了，那一片绿意浓浓的树林里，一切草木正匆匆遭遇着季节的变故。有的叶子已经开始泛黄，但看上去却要比先前更加突出、更加艳丽、更加惹人喜爱。估计是因为多了往日未曾有过的厚重，离凋零越近，就越发显示出生命的张力来。这和人生是一个道理。当生命走向最后一刻的时候，一个心灵健全的人，还在想着要努力去做些什么。很多回，也正是因为有了生命的最后一掷，才成就了无数个伟大的善意。

　　是什么一直在打动着我们？

　　无时无刻的，就像这窗外的草木、书本上的文字、回响耳边的歌声……一句句真挚感恩的话语与一个无声的自然世界一起浇灌着我的灵魂并教育了我。

记得读高一那会儿,有一次学校组织学生观看公开审判大会。在县城西郊的一处水泥广场上,成千学生列队站在下面,而台上一位比我们大不了几岁的女孩子却被宣判了死刑。那是我第一次面对死亡这个话题。我看见女孩子浑身在打战,她脸色苍白,仰了仰头,之后用牙齿死死咬住了自己的嘴唇。挂在她脖子上的那一块写了她的名字的木板上还涂着一个大大的红色叉号。不知道为什么,我确定她已悔过自新。那一刻,全场肃静,那一幕使我终生难忘。我真希望一个人在她善良到来的时候能够复活,假如生命还可以重新选择的话,亲近善良要比亲近罪恶更容易使人坦然。

生活无处不在显露着它朴素的真理,还有许许多多新生的力量在召唤我们。就像今天一过,就到了明天,明天又是新的一天。

住在郊外

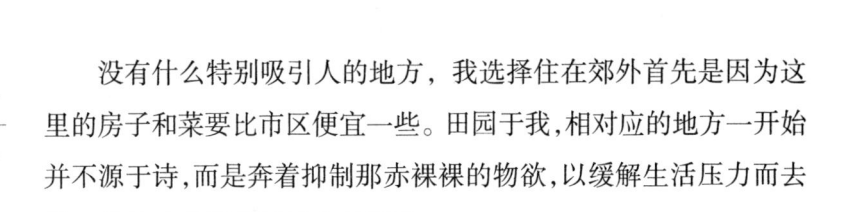

没有什么特别吸引人的地方，我选择住在郊外首先是因为这里的房子和菜要比市区便宜一些。田园于我，相对应的地方一开始并不源于诗，而是奔着抑制那赤裸裸的物欲，以缓解生活压力而去的。此外才有所谓精神上的需求。

日子久了，就会发现无论在哪里，人都有灵魂上的需要。起初我也曾拿知识充门面，给剥落的墙壁上挂几幅自己都不认识的字画。大声地读《论语》中的一句话："贤哉回也！一箪食，一瓢饮，在陋巷，人不堪其忧，回也不改其乐。"后来总觉渺茫得发虚。圣人同时使我明白，这并不是一个缔造圣人的时代。我最踏实的时候，就是看到妻子和女儿安恬地熟睡，她们没有因为我的懒惰而再一次饿肚子。夜深人静，微风轻绕四野，人们都进入了自己的梦乡。这一刻，我便可以去做一些灵魂上的功课，在没有浮华和喧嚣的寂静中，仿佛万物都在对着自己发呆，也包括这仓促的世间一梦，所有这一切都诠释了世界上最好、最崇高的哲学。

我的同事昌维有一天到我的住所，被眼前一片绿油油的庄稼地吸引了。他说他陡然间想起自己曾经生活过的那个叫红庄的小山村。夏日的午后人们在树荫下纳凉,有时候忘记了时间,一直能聊到黄昏。给牛要割的草没割回来,便就近攀上田埂,或是去附近的庄稼地里胡乱扯上几把冰草。但人们对待生活的态度是虔诚的。

同事虽未住在郊外,却能从那些不经意的草木中寻找到生活的光影来,一定是郊外生命独有的惬意给予了他内心蓬勃的诗情与创造力。很久很久了,人,太需要这样的情感和创造力了;人,不能没有舒展灵魂的时候。

我每天都能听到鸡叫、狗叫、羊叫,有意思的是,郊外比闹市要更加注重生命的细节。很多次,我看见上了年纪的老大爷老大娘在精心整理他们的篱笆院。一排整齐的玉米苗、一行大葱、一片油麦菜……我相信他们对待这些植物的态度已经远远高于了他们对食物本身的享用,他们对生命给予了足够的尊重,他们对生活赋予了淳朴的艺术气息。

后来我得知看车棚的老大爷家的那条狗生了四只可爱的小狗。平日里进车棚存放摩托车,我都是紧踩油门一股脑冲到最里面。自发现那幼弱的生命就依偎在车棚门口的小角落里吮食母乳的时候起,我便自觉地在几米外停下车来,熄了火,轻轻推进去。我想:万物都应该得到尊重,是因为万物也尊重我们。就像这藏在郊外的一片片寄托。

郊外的夜晚很清寂,但忙碌的白天一过后,这份清寂又可以使人格外清醒、格外独立!

歌声带我回家园

我想用记忆摄下时光中的每一次演出,有人说:"人,都是历史舞台上的演出者,又都是未来宴会上永远的缺席者。"我确知岁月不待,就像诗里说的一样:"百岁光阴如梦蝶,重回首往事堪嗟。今日春来,明朝花谢,急罚盏夜阑灯灭。"很多时候,便让那一抹回忆、淡淡的梦、萦绕的歌声,来解生命无限的牵挂。

多少回,我愿意独自躺在夜色深处,让歌声来引领灵魂飞向邈远的天际,飞向我生活过的每一寸土地,飞向我的童年,飞向我的群山万壑……我认为这样的夜晚往往比白天更深邃。白天,一切都太匆匆,夜晚却是凝固的。每一个这样的夜晚到来时,时间仿佛要停滞了。倘若再枕一窗明月,或者听那潺潺流水经过,风声、雨声,还有醉酒晚归人的吟唱,便是十分难得的一回清净。

为了这一份清净,诗歌已经守望了几千年。可惜这一份清净却离人们越来越远。我想,这一定是和离人越来越远的诗意有关。

不知道从什么时候开始,我就再没有机会去躲避喧嚣了。我依然频繁地背着包去追公交车,我听见身后一声声的鸣笛、刹车、争吵、叫卖,虚假混同着虚伪,包装混同着伪装,压抑使我几次迷失的时候,我就选择了去亲近音乐。我喜欢上了在柔软的歌声里去寻找生命本来的状态。人,应该有归顺的那一刻;人,应该去把握生活的节奏。

近来的几个晚上,常常单曲循环一首《时间都去哪儿了》。时光的消逝,加重了我的怀旧感。人们常说:"人生风景,总是一半明媚,一半忧伤。"曾经,我因多少忧伤而暗自流泪,岂知在今天,在这独立的歌声里,在这个适合思考的夜晚,那些忧伤却都成了最厚重的记忆。我也因记忆的清晰而再一次遇见明媚。原来我们的日子,都会因为痛楚而伟大;我们的生命,也一样会因为仓促而变得更加坚强。

如果累了,就听一听音乐。如果此夜无眠,就让这歌声带我回家园。

又一次想起我的村庄

1

窗外淅淅沥沥地下着雨,这是初夏黄昏的城西一角,远山格外静默。也因为一场雨,人们都躲在家里懒得出门,小区旁的几株柳,便随了性情在轻风中摇曳,独自占据着整个空间。

我也随了这雨天的性情,把书桌搬到阳台的一角落,使两面朝着窗户,使雨声到我耳边,使我透过雨帘能够真切地看到大地。

其实这样的机会并不多,我因此一阵激动。

我在桌子上放半瓶酒、一沓稿纸、一支钢笔,我品着时光,又一次想起我的村庄。

2

二十多年前的小伙伴们,如今天南海北,从喀什到福州,在他乡各自经营着生活。没有机会聚在一起,有人便提出建立一个微信群,取名为"心灵的圣地——菜科"。

我首先被"菜科"二字震撼了。这是我的家乡的村庄,一个在中国地图上找不到的地方。现在,大家又一次提起,至少使我知道不止我一个人会时常想起。

有一晚大家聊得很投机,话题是从摘杏子开始的。那是二十多年前的西海固,我们的夏天总是起于偷摘未熟的杏子。倘若老远看见有小伙伴爬上杏树,大家几乎都要习惯性地喊:"杏儿杏儿撂了,娃娃娃娃吃不饱了……杏儿杏儿撂了,娃娃娃娃吃不饱了……"

我们还用杏核做城堡,四个核子组成一组,双方拉开了距离各自为政,用从家里偷来的装棒棒油的铁盒盖子做武器,指头弹了盖子向着对方的城堡撞去。那时候,娱乐的成本还很低,但生活常常回馈给我们一种莫可名状的幸福感和满足感。如今,这些游戏也都不见了,只剩下了与日俱增的怀念。所怀念的也许就是那样的幸福感和满足感。

往后,微信群陷于沉寂,甚至像消失了一样。但我仍然不舍得退出,因为再有十年,或者二十多年后,有人会再一次挑起热聊,使我又一次想起我的村庄。

3

给学生上课,摘抄了一副对联在黑板上:承先祖一脉相传,克勤克俭;教子孙两行正路,惟耕惟读。

我对这的体会,大约就来自我的村庄。

故土，不老的秦腔

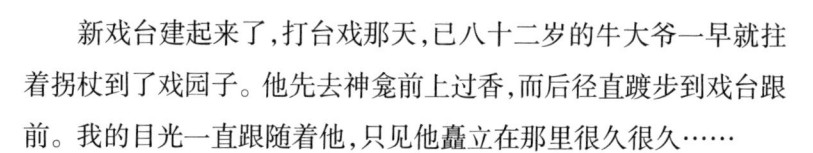

新戏台建起来了，打台戏那天，已八十二岁的牛大爷一早就挂着拐杖到了戏园子。他先去神龛前上过香，而后径直踱步到戏台跟前。我的目光一直跟随着他，只见他矗立在那里很久很久……

戏台两侧刻着一副对联，叫"震湖毓秀唱念做打演古今，青龙钟灵生旦净丑表盛衰"。上书"青龙山舞台"五个气派大字。对于演出的投入，这是我至今所见到的我的故乡最奢侈的一回。而这一回，已经等了上百年。牛大爷不识字，但相信他对这样的舞台一定不陌生。前夜里和父亲长谈，其间我们还几次提到牛大爷。父亲说，打台戏这天要是他老人家能来一回戏园子，那该是何等的有意义！五十多年前，正是牛大爷和一批钟爱生活的农民一起饿着肚子唱响了故乡的秦腔。而牛大爷的秦腔更为方圆百里内的人们津津乐道，直到今天，盛赞也没有终结。这便是我对故土秦腔充满期待的最大缘由。我深信秦腔一如生命，因为守望与传承而更加澎湃、更加有前程。

我和父亲的愿望都实现了，牛大爷正拄着拐杖立在戏台前。他形单影只,却又不知内心是如何的喜悦、感慨和复杂。他的沉默感染了我。

那一瞬,我掏出相机来,留下了这一幕。我给照片取名为《背影下的开始》,我希望一代代人能跟得更紧一些,我希望远去的背影可供我们触摸。因为藏在时光里的那些温度,将会无数次温暖着我们继续向前。

第二天晚上,市秦腔剧团受邀来新戏台演出。一时间,几十个村庄的人们都来了,甚至还有外出打工的人,不顾路途遥远与舟车劳顿,请了假赶回来……全都因为秦腔。在故土,秦腔已经远远超出它的艺术价值,而是包含了更多的爱、更多的亲情、沉甸甸的怀旧与真诚。

时隔多年后的我再一次有机会去审视故乡的夜晚,这是艺术和生命同时赐予我的。那一刻,万山静默,我看见满天的星星在眨眼。就在一个卑微的黄土高原的小山村里,一切都在变老,一切都在远去,但不老的是秦腔。

路

晚上刚进家门，打开电脑，登上QQ，就看见一个叫"浪子无家"的给我留了言：漫漫人生，都是因为真实和充实而踏实。现在，我依然记着老师对我们说的这个话。走向社会了……

我止不住一阵感动，眼泪几乎要掉下来。这已然不是五年前的感受了。那时候的我，可能因此使虚荣心得以满足，一阵窃喜，些许骄傲。现在却不一样。

早晨去监考，我看见教室的黑板上写着一行字：再见了，嫌弃过的老同学。我顿时潸然泪下。这是又一批即将走向社会的学生临行前的话别。时去五年，我第五次目送着学子从校园走过，太匆匆。

太匆匆了，还来不及话别就要收拾好行囊。就在某一个夏天的中午，行李箱一路轱辘响，从宿舍一直到校门口……

说实在的，我已经记不清自己说过的话了。太多了：课堂上的，课外的，感动的，愤怒的，文章里的，骂人的，中听的，不中听的，仿佛都埋在深处。但我唯独愿意记清学生写给我的每一句鼓励的话。随着年龄的增加,这些话使人酸楚,又令人倍觉珍惜。

同样,我应该珍惜今后的每堂课,珍惜往后的生活。

想起了我的一位老师

凌晨三点醒来,就再也睡不着了。打开手机看到微信里有很多关于教师节的话题,我怅然若失,一阵莫名的忧伤。

时光流转,转眼至秋,转眼我已度过小半生,一切又仿佛如初。一觉初醒,又那么恋着孤独的时刻。有很多故事怕都要在梦里相见。就在这深沉夜色中,我想起了我的一位老师。

1994年我考五年级没考上,留了一级,就很幸运地遇到了沈老师。沈老师让我至今难忘,他是我们的语文老师,也是我们的班主任。大约我所体会到的"亦师亦友"的感觉,就是从沈老师开始的。他就像一个"另类"闯进了我们的生活,似乎与九十年代西海固大山深处的小学教育格格不入。黑板一侧的墙壁上挂着的不再是教鞭,而是语文报。放学后,沈老师经常骑自行车到镇上的邮政局去拿报纸。因为每期只订一份,所以报纸上的练习题都是他抄在黑板上后让我们来抄写的。他"吃"进去的粉笔灰显然要比别的老师多。

那时候还没有电脑、打印机、复印机,学校里就只有一台蜡版油印机。要先把试题写到蜡纸上,然后一份试题一份试题地往出推印。我们的考试试卷都是这么来的,直到参加升初中的统考。我记得统考前沈老师还给我们开动员会,他情绪很激动。具体的话我已想不起来了,大意是说这一次大家一定要珍惜机会,一定要仔细审题、认真答卷,试卷比我们平时的要好要清晰,都是铅字印刷,就和我们书本上的字一样。

到了五年级统考冲刺的那些日子,沈老师就一直陪伴在我们左右。他每个周末都给我们补课。他让我们先到学校学习,自己早早去耕地,耕完地,进教室的时候,他的脸上还有灰尘、鞋子上还带着泥土。有一次他指着北边的山头对我们说,我就在那里耕地,你们有没有学习,一举一动我都能看清楚。

最后,我们班是以全镇第一名的成绩进入初中的,一个都没有落下。

如今回想起来,那些时光真的很好。那时候我们还未曾听说有什么名校名师,沈老师就是那么固执,守着静落在山里的一座校园。土墙剥离,风尘如歌。

二十多年过去了,沈老师也已近花甲之年,我随风雨飘在祖国大江南北,我们的试卷也被岁月带走了。但还有如初的纯白,就像梦一样。

昨日重现

　　清早起来的第一件事就是赶到学校,迅速打开电脑,找那一首《昨日重现》。十二年前在大学的第一节英语课上第一次听到这首曲子,那时候的我还很内向。后来我把自己反锁在教室,正午或者周末,像这个十二年后的清晨一样,单曲循环到我忘掉了周围的吵闹,忘掉了时间在前进,忘掉了一个孤独的自己……

　　昨夜里翻看相册,往事如潮水般涌上心头。昨日、今日,去日又随尘土到了何处?

　　就在卡伦·卡朋特略带忧郁的中音里,我在寻找着答案。时光仿佛被吹走了,包括年轻的她,三十岁的时候就倒在父母的怀里,从此只留下一段纯净的歌声。然而那些往事都是真实的。我们所有人,往事并没有被时间带得很远很远,由于回忆一直在止不住呼唤,所以它会在某一时刻出现逆行。"我所有的美好的回忆,清晰地浮现在脑海中。有些甚至能让我哭泣,一如往昔的美好时光,昨日再次重现于脑海。"怀旧可以真实地打动人,每一个人,都会不经意间遇见那个过去的自己;每一个人,都不应该轻易忽略了自己的回忆。当你埋怨或者准备抛弃往事的时候,你还要同时看到它曾经真实的短暂、真实的忧伤,以及因为忧伤而学会了坚强面对今天的自己。今天,假如你还脆弱,你还忧伤,那么你可以试着把今日当昨日来过,因为明天的你或许将不会再那么忧伤。

我曾经小心地给自己留下一行字:"那时候时光悠悠,岁月纯白。"我真希望许多年后我还会有勇气去写这样的话,我当用悠悠往事来归结自己的一生。也或者哪一天匆忙跌倒在路上,我当用今天这个思考着的自己去谱一首曲子。

无论好听还是不好听,昨日必将重现。

等待天亮

1

此刻躺在病床上静静地等待天亮,天亮了,迎接我的将是手术。这种感觉十分奇怪,使我兴奋,又使我紧张。

临床躺着的老伯已经睡熟,均匀的鼾声反而给予了我一点点踏实。我又忍不住转过身去看,他的左脚红肿,右腿断了一根骨头。要是未曾经历车祸,老伯又何须躺到这里?平常的日子,这个时候,或许他已经吃了晚饭,在小区门口的人群中跳广场舞……

这种假设其实在我的脑海中已经重复了无数次。假如我的跟腱没有断、假如回到之前、假如我不用进手术室……可是这一刻,我却再不需要假设了。我开始主动而认真地等待天亮,天亮了,就一定是新的一天。

2

母亲一进屋就快步走到我的跟前,我看见她盯着我的腿在默默流眼泪。她不希望我受到一丝伤害。

我想起史铁生的《我与地坛》里的一段话:"当我不在家里的那些漫长的时间,她是怎样心神不定坐卧难宁,兼着痛苦与惊恐与一个母亲最低限度的祈求。"当我受伤的时候,母亲要鼓足劲来帮我渡过难关,事实是她要比我还脆弱。刚才还接到母亲的电话,她几番叮嘱我:晚上一定要睡个好觉。

我的女儿这几天懂事得让我内疚。每次我起身要上厕所,她都快快跑去抱拐杖来给我;在我洗脚的时候,她就用小手捞水来往我的小腿上滴。这一切都使我没有理由不去阳光地面对明天。

3

朋友说在医院里待了几天,无聊的时候就读我写的《永恒不在远方》。我听着特别感动。

现在,我也待在了医院,我是否可以通过写作来使我开朗和光明?

当我吃力地写完这几段文字的时候,窗外夜色已深。我将在这些文字中归于宁静。

不能行走，就静下来阅读

这几天早晨，一醒来就先听音乐。我打开手机，找到方磊的《依兰爱情故事》，循环播放好一阵子。

病房里的两位老伯和我一样，仿佛也已习惯了一天从这音乐声中开始。静静地躺着，静静地听着，望着天花板。这一刻，我们都在思考各自的事情。

这是一个温暖的病房。八天过去了，我真的很想为它留一点文字。不知道为什么，或许是因为我暂时失去了行走的能力。走不了，我就应该使劲去喜欢上我要待着的地方。这是一种安慰，又是一种安顿。就像很多年前坐火车时挤在过道里的感觉一样，没有座位，水泄不通，也就没有其他想望了。那时候你便会觉得能获得一次宽松的站的机会都是一种奢侈。所以处境越卑微，人就越容易满足；越能安顿于卑微之中，人就越加显示出一种超越的境界。

我大约就是借此在鼓励自己，今后很长一段时间里，我将要在这超越的境界中生活很久。

疼痛缓解了一点后，我就开始躺在病床上读书。读《平凡的世界》,读《红岩》,读一些励志的书。多少回我都在想,这读经典就像是在读人生,去体味生活中经历过的无数回坎坷,从深重的苦难中找到生活的力量。这些书中的人、事、物,都熟悉得叫人掉眼泪。

静下来了,我还读自己,读我身边的每一个人。

临床的老伯,给牲口打针的时候被甩了出去,摔破了胯骨,刚住进来的时候疼得一晚上在呻吟,却还一直惦念着他的牲口和庄稼地。他的纯朴,使我想起过往的岁月,想起岁月中的一些人和事。老伯病重中都惦念着他的农活,我又怎么不惦念我的讲台呢?是命运把我们暂时捆绑在了一起,让我们彼此受用,彼此鼓励。

躺在墙角边的病床上的另一位老伯,在车祸中右腿小腿骨断了,但连续的几个夜晚里,他都是自己在照顾着自己。患难的人很容易能被吸引到一起,或许就是因为同一刻生命的尊严。这尊严使人敬畏和温暖。

在我结束文章的这一刻,大家都睡熟了,病房里格外安静。我抬起重重的石膏腿来移开我的电脑,窗外夜色正好。我即将美美去睡上一觉,明早起来,还放一首好听的音乐。

且行且珍惜

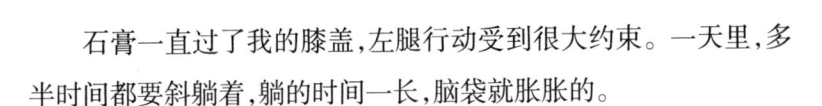

石膏一直过了我的膝盖,左腿行动受到很大约束。一天里,多半时间都要斜躺着,躺的时间一长,脑袋就胀胀的。

现在我真切感受到了健康的重要性。出院的头几天里,一看见楼下有人走过,看到他们轻盈的步伐,听到他们爽朗的笑声,我就懊恼,恨自己不能很快站起来。渐渐抚平一些后,我便找寄托,听音乐、看书,回想自己经历过的一些幸与不幸。有些幸为我所挥霍,有些不幸也并未引起我足够重视,只这么行行走走、跌跌撞撞,一跷跷过了十年,一跷跷过了三十岁。

这仓促人生中,无常的东西真的太多了。每一天都在悄悄消失,时间、生命、青春,哪里又有个十全和周全?每当想起这些,我就一阵畏惧。尤其近来的一些日子,我对这光阴有了更深的理解,使我真正明白了:且行且珍惜!

我们真应该去珍惜,珍惜现在还能拥有的,感念已经失去的,憧憬即将到来的。每一段人生,都要饱含感情;每一个人生的境域,都要用真情去填充底色。现在回过头来想一想,可以行走,多好啊!

珍惜了,就无憾。曾经不懂得,失去了才倍加珍惜。为不留新的遗憾,我只有去懂得珍惜,通过获得珍惜感来弥补失去。或许珍惜就是生命力,就是敬畏心,就是一种得到……

这是我躺在病床上所想的,在我每一次预备站起来的时候,我希望都是强烈的敬畏感在支撑我的右脚。

人生,就是这么曲绕,这么奇妙,这么奇怪。真理总和教训同行。

我曾读到过一段有意思的话,说去三个地方会改变一个人的心态,那就是医院、监狱、坟地。在医院里,看到病人的痛苦时,才会真正意识到健康的重要;在监狱里,看到犯人的眼神时,才会真正体会到自由的可贵;在坟地里,看到亡人的灰土时,才会真正体会到青春的仓促。这些教训是深刻而真实的。

且行且珍惜。珍惜健康,珍惜自由,珍惜青春,珍惜每一寸光阴。

第一辑　握手心灵

现在看来，我们越来越在意一片刻的宁静了。从喧嚣中穿过,总会有那么一瞬,遇见一角落、一行诗、一幅画,或者一段音乐,使人忘忧。

我恍然，原来这书才是传家宝

休假在家的那段时间，给自己的福利就是买了半堆好书。仿佛久已与外界繁华隔绝，便可以心澄意静，实在是很难得。

当然，我为此付出了代价。我所受的病痛成了引起我读书的动力，怎么说我都是被动地安静下来的。在这个快节奏的时代，这才是真正的悲剧。

回过头来再一想，其实也是机缘。明代文学家、书画家陈继儒就曾在他的《小窗幽记》里写道："闭门即是深山，读书随处净土。"倘若生活太闹腾了，又哪里来的净土？不妨闭门去读书。到不了深山老林，就暂且把门闭起。把门闭起读书，推开的时候只让月光进来，古人说这才是"閒"（闲）。闲来读书正如此，其实就是给自己一次修行的机会。

只是我终究浅觉，我喜爱书籍，但并未达到嗜书如命的那种程度。我崇敬那些视书如生命一样重要的人，也羡慕万卷书斋。我常常会找一些相关轶事来读，想从古人待书的那份真诚中找到一些温暖。确确实实，这在如今已不多见了。

明代的藏书家胡震亨，朝廷提拔他为德州知州，他却舍不得离开自己的一室藏书，竟然托病不任。爱书以至于辞官，如此大的性情恐怕是今天的我们想都不敢想的。明代的大学者胡应麟，曾当掉了衣服去买书，后来当尽家产，但他的藏书却是"富甲一方"。还有王世贞，也是明代的大学者，用自己的一套庄园去换了宋刻本《两汉书》。他还欣然以诗为记，曰："得一奇书失一庄，团焦犹恋旧青箱。"大意是说，虽然失去了一座庄园，却得到了一本奇书，看来是阜屋也恋着书箱呀！今天，我们听到过变卖藏书、拿书换车换房子的，却再没有听到过拿房子来换书的。不要说当掉服饰去买书了，就连赠书给别人都会落一个"老土""俗气""可笑"之名。实在是不应该！

就在我写文章之前，我买的宋刻本影印版《经典释文》到手了。我翻开书来闻里面的味道，女儿看见了，也凑过来跟着我一起闻。还问我是啥味道。

我恍然，原来这书才是传家宝！

我的"角轩"

我没有书房，但有一张书桌，书桌搬到哪里，书房就算在哪里。这书桌是我初到凤城时买的，那时候还在租住的房子里。后来搬了两次家，但始终没舍得扔。去年我寻思着把它放在阳台东面的角落里，试着塞了一下，刚好挤进去。

这个角落很理想，左右两边是墙，前方是窗户。透过玻璃，能够看见楼下花园中的一洼溪水，溪水边还有一棵垂柳，长势很好。要是侧了身子换个角度看过去，倒像一幅山水画。每每入夜，倘若我还坚持坐在桌前读点书，那夜色于我确是十分亲近的。人就仿佛置身于神圣之中，藏青色的帷幕静默，或点缀点点星光，或一轮圆月升起，或风声雨声，各种的味道，各种的感动。

时间一久，有了感情，我便给这小小的角落取了一个好听的名字，叫"角轩"。"角"的意思有两重：一是因为它确实很小，只容下我看书写字，连一个小盆景都不能够挤进来。二是有别趣。再小的角，它也有度量和器量。《水浒传》里的武松，进了酒肆就喊，"店家主人，先打两角酒来。"可见两角酒亦可看出一个人的性情。无论好坏，我倒愿意自己是一个性情中人，能有一定的承载和精神空间。我的同事劭君兄似乎深解我这一点，前些日子卧病在床，来看我的时候他携了两样东西：酒和一方章。估计是暗语我：卧病不丢诗书，久居不失性情。

后来我专门找了一块木头，在木头上写下"角轩"二字，并将木头贴在了一侧的墙壁上。就这样，我的书房有了自己的名字。

认真也罢，闹腾也罢，我总觉得生活中就要有那么一点雅兴，有一点和我们平日里追逐的不一样的东西。这东西究竟是什么？案头的诗、天边的云、曲径草屋一溪水……好像都是。

明代文学家归有光曾为他的"项脊轩"写志，我也想为"角轩"写点东西，于是就有了这篇《我的角轩》。

钓来一些快乐

有几个周末,一闲暇就乐意骑着摩托车去郊外钓鱼。有时候半小时,有时候大半天。倒不专心那鱼儿是否真去咬了我的钩,仿佛只是在追寻一种感觉,一种离自然最近时的缄默、隐隐的快乐。

在旷野,人的灵魂是开启的,轻松,自由,畅快……那时候芦花清晰,流水妖娆。倘若近了深秋,更见月色中带着寒气,要是恰巧再遇见一盏灯,它正悬在河岸的草亭旁,远远的,随杨柳一起摇曳,无论何处行人经过,都将误以为那就是低垂的月亮。

是的,月亮本来离我们很遥远,但因为无数次温暖着我们的心灵,给予我们美的体验,尤其在我们孤独的时候还不弃于温抚我们单薄的身影,所以使人亲近,叫人不忍心离开。

当人群的嘈杂远了,我们就离时光更近了。

陡然想起王跃文的《我们把月亮忘记了》,他说:我们已经忘记许多了,我们还会忘记什么?会不会有那么一天,我们把自己都忘记了呢?又或许有哪一天,当我们想重寻对月亮的记忆的时候,想看一眼真正的月亮的时候,才悚然发现,月亮早已不存在了。

我们要找回来的不单单是月亮，还有一个民族古老的诗意，人们曾经对田园的眷恋和那些藏进山水的一份份感人的寄托……

就拿这钓鱼来说，几千年过去了，多少独占江秋的钓者已故去，但他们垂钓斜阳、钓烟霞、钓碧溪桃花的精神意趣却并未随流水远逝，反而愈加浓烈，愈加撞击着世人的灵魂。尤其在今天，在这样一个需要通过选择离自然最近的方向来重新审视生活的时代，我们更需要通过垂钓来钓到自己的快乐、钓到自己的心。

唐代诗人许浑在返长安城的路上还惦记着自己心头的田园，深秋傍晚，驿楼上举杯畅饮，不禁感慨道："帝乡明日到，犹自梦渔樵。"眼看着京都又近了，可"我"仍然向往的是渔人樵夫们的那一种闲适自在的生活呀！

想那人在沽名钓誉的官场中沉浮，焉能得到真正的逍遥快乐？

钓名之众，焉有贤士？

令人敬畏和感动的独独是：过去了一千多年，我们并没有记住官场上的许浑，只记住了那个"许浑千首湿"。依然可见"文章草草皆千古，仕宦匆匆只十年"。

拉长了钓竿，撒出钓线去钓江河吧！那时候微风徐来，闲花野草扫尽多少忧愁。你看见水面上倒映的自己，那就是我们钓回的快乐。

一曲《琵琶语》

  这些年来,第一次午休,第一次睡了整整一个下午。起床的时候,我看见窗外的天空上飘着几朵云,那云朵并不十分洁白,带了一些灰,但天空尤其湛蓝。不远处有一幢土色的高楼,从我的住所望过去,正映衬在天空自由的光影下,是那么独立,那么让人感动。

  我陡然一阵清晰,脑海间闪过儿时的镜头。那是故乡的夏天的午后,母亲早早去田里干活,不忍心唤醒正在熟睡的我和哥哥,直到一丝清凉将我们从睡梦中拂醒。睡足了整整一个下午,一睁眼,看到母亲不在身边,也是记忆中第一次那么直接地到黄昏,朦胧中恍如隔着世,我和哥哥便哭了起来。随后,寻那山路去,在黄昏中找我们的母亲。

  这些瞬间都使我难忘,浮云走了,湛蓝的天空却留下时光的背影,我们的生命,就像是在这无边的天际间寻找某种机缘。一路地走,走着走着,就遇见无数个过去的自己,走着走着,就和无数个造化结了缘。

  像现在,我还在为持续先前的那一瞬感动而摆布着自己的精神空间。我要腾出许多位置来,让万物的精神如诗一样走进去,我要为营造我的心灵而营造一个思考的氛围。

这使我想到音乐,想到了《琵琶语》。笛卡儿说过:"音乐的基础是声音,目的是产生愉悦并唤起我们各种各样的情感。"是的,好的音乐,它可以激发我们对这个世界的感受力,使我们保持一种神圣崇高的状态。

《琵琶语》的产生据说也是一个机缘,一个来自瞬间的感动。曲作家林海有一年和朋友到江南,流连忘返。一次他们在水乡茶馆中听评弹,那是他第一次被琵琶的音色打动,之后便开始有了做琵琶音乐的一种冲动。如今,这一首《琵琶语》已流经十多个寒秋,真不知搅醒过多少人的梦,是那么的悠长深远,那么的令人感动,令人隐隐感到孤独。

回过头来想一想,昨夕今夕,还真像是一声叹息。那个远去的从前已经不在了,无论我们如何把握今世繁华,年月却依然在不停地流转。《琵琶语》就像是一场人生的叙事,仿佛竹林深处,一飘零女子正低眉信手弹琵琶,诉说着多少前朝旧恨。琴音袅绕,人生的悲欢沉浮和那些渺茫不可捉摸的故事,都化作一缕青烟。

静静地去听《琵琶语》,一如选择和自己的人生进行一次对话,给予了我们一个充足的空间。无怪乎一位名为江南秀士的作者在给《琵琶语》的填词中这样写道:"欢笑声,已成了昨日的回忆,素手弄琵琶,琵琶清脆响叮咚叮咚。分明眼里有泪,有泪滴,人间何事长离别。分明有泪,有泪滴,人间无处寄相思。欢笑声,已成了昨日的记忆。红颜已老不如昔,空自悲戚。这一声叹息,是人间多少的哀怨。弹尽千年的孤寂,独自叹息。"

  它使我们再为时光流下眼泪,这对于今天的我们,该有多么多么的难得!

哲学·烟酒·闲话(一)

1

晚上睡不着觉,翻起来坐到电脑前,打开百度搜:世界上最悲伤的音乐。直到搜出一首《忧郁的星期天》,戴上耳机听到天亮。

我在想:我这是怎么了?浮躁的白天一过去,晚上睡不着的时候就容易想到死亡。然而我并没有自杀的倾向,或者只是好奇,我想弄个明白,生命在何等的痛楚下才会真正走向毁灭。

据说《忧郁的星期天》这首曲子曾令数以百计的人自杀,可是第二天起来,我却好好的。我本来也想朝着精神的溃烂处撒把盐,谁知道忧郁的音乐恰好疗治了我的忧郁。

我很快地从一切不快中走了出来!

我默默告诉自己,新的一天又来了!

2

十几个孩子的家长托我办点事,我一件都没办成。我对这号门道不熟,更不敢去开个口。

我一直想象着自己的前程,我想让自己成为一个浪漫的哲人、一个懂得把玩生命的人。可是生活难免叨扰,总有人要用政治眼光先入为主地评价你。

记得去年回老家就有人缠着问我:"你干了这些年,当了个啥官?"

我说:"没有。"

"你就骗我吧,我外甥说你当了个啥。"

推脱不过,我说了句:"主任助理。"

对方迟疑片刻,一脸疑惑。他弄不明白这是个多大的官。

后来找我的电话就多了,有些实在难以回绝,我就顺口说一句:"这个不好弄呀,有点麻烦。"

对方曲解了我的本意,还以为这是什么暗语,当天就把两瓶酒送到我家里来。

…………

有一次哥哥来我的单位,蹭我们花园里浇花的水管子洗车。

我说:"你以后来的次数少一点。"

他说:"我记得你不是升成个什么副主任了吗?这个权力都没有?"

我说:"啥权力不权力的,满校园就门口保安一个人喊我副主任。"

哥哥打趣地说:"要是只他一个人,就让他别喊了。"

只需要每天进步一点点

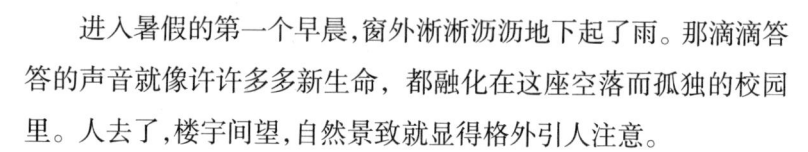

进入暑假的第一个早晨,窗外淅淅沥沥地下起了雨。那滴滴答答的声音就像许许多多新生命,都融化在这座空落而孤独的校园里。人去了,楼宇间望,自然景致就显得格外引人注意。

我起身开了窗户,湿气便裹着时光的味道随微风一起到了我的桌前。这时刻,宁静是属于一个人的,涌入眼帘的一切事物都被无限放大了。几天前我还注目过的那一株叫不出名字来的野草,此时它正在微风中摇曳,在雨里,看上去虽然十分卑微。但我同时知道:相隔了几日,它却和这偌大的宇宙一样,遭遇着不可捉摸的变故。

大时代不可小视,小生命也一样。我们不该轻视这一草、这一生、这卑微的生命和卑微的自己,不该轻视属于自己的每一个清晨、黄昏和雨季。

陡然又想起昨夜读到的湘大校长黄云清教授不久前在该校毕业典礼上的一段讲话,他说:"作为你们的师长,我想对你们说的是,要取得成功,其实只需要每天进步一点点。在数学的世界里,我们知道,0.99 的 365 次方小于 0.03,而 1.01 的 365 次方却接近 38。别看 0.99、1.01 与 1 相比都只差 0.01,然而经过 365 次连续作用之后结果差得却是相当的大。同样的道理,在人生的世界里,如果每天进步一点点,经过一年、五年或者十年的积累,你们一定会到达人生每一次成功的节点;相反,如果每天退步一点点,结果很有可能会沦为平庸、碌碌无为。"进步和退步,在一天的时间里体现得十分微小,但在人的一生中却体现得尤其重要。因此,我们不该忽略"一天"这个概念,不该忽略它在生命中的计量意义。我们也不该轻易自暴自弃,仅仅因为一天的不顺心或者遭人冷眼,我们要有攀登的勇气,我们只需要每天进步一点点。每天进步一点点,我们就一定会到达人生每一次成功的节点。还有窗外那一棵野草,多少回遭遇风吹雨打,依然保持着缄默,所以才那么高贵,那么的发人深省。

世间的道理就这么平凡,平凡得像一株草。

外出见习的几名学生回了学校,他们在雨中漫步。相隔没几日,眼睛里却闪烁着新的光芒。我想,那一定是进步的光辉!

天上要有星光

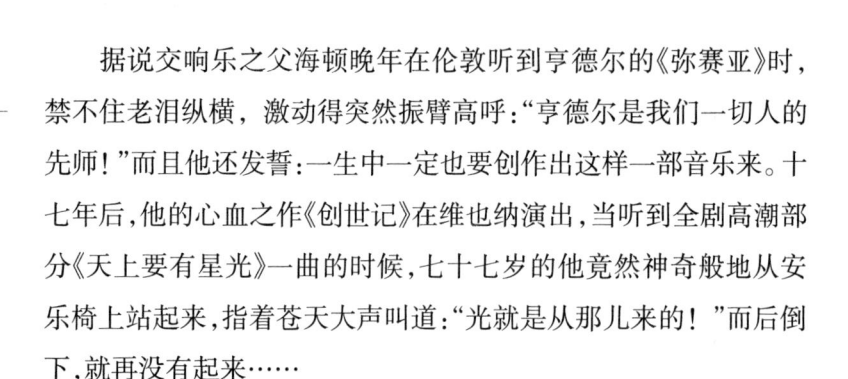

据说交响乐之父海顿晚年在伦敦听到亨德尔的《弥赛亚》时，禁不住老泪纵横，激动得突然振臂高呼："亨德尔是我们一切人的先师！"而且他还发誓：一生中一定也要创作出这样一部音乐来。十七年后，他的心血之作《创世记》在维也纳演出，当听到全剧高潮部分《天上要有星光》一曲的时候，七十七岁的他竟然神奇般地从安乐椅上站起来，指着苍天大声叫道："光就是从那儿来的！"而后倒下，就再没有起来……

我没有紧接着去寻找更多史料以解释这隔了三个世纪的感动。也由于被都市的嘈杂反复搅和着，使我对海顿的直接阅读戛然而止。这是我最主动的一次放弃。直到夜深人静的时候，我开始喜欢上凭空胡乱地猜测。我知道，晚年的海顿不需要中规中矩，他一定在寻找生命的诗意，他最适合人们去猜测。这和千百年来人们试图借诗意去猜测生命、时光、星辰从哪里来是一样的。

那么，光到底是从哪儿来的？

作家肖复兴曾用了一连串奇怪的反问来回应这个问题。他反问读者,也反问自己:"光到底是从哪里来的?我们现在知道吗?我们现在还关心光到底是从哪儿来的这样的问题吗?我们还能够像海顿一样即使到死之前也要抬起老迈的头颅,去寻找光是从哪儿来的吗?每逢想到这里,我为自己和我们这个越发物化的世界而惭愧。我便情不自禁地问自己,也问这个世界:现在还会出现这种情景吗?莫非我们以为我们是站在了光明灿烂的中心,已经不再需要寻找光的照耀了?莫非它真只是一道遥远而过时的古典情景,只可远看,不可走近,难以重返现代人的心中?"海顿却从他自己的音乐中听出来了,尽管来得稍晚了一些。那一刻,海顿指着苍天大声叫道:"光就是从那儿来的!"那是静默天际深处,一片片圣洁从未停止奔向人间。那一刻,海顿正沐浴在生命的光辉中!那星光,带着神圣的音乐和天使般的使命,一路从无边黑暗中穿过,它风雨兼程而不知疲惫,它的温暖、友善、和蔼背后是默默承受的孤独、苦难和倔强。它因黑暗创生,因光明消失。它映照世人满身的尘土,安抚无数个心灵。

那一束光,是海顿的发现和感恩。

那么,光到底是从哪儿来的?

倘若有幸能到布尔根兰州的海顿教堂,我们便也应指着海顿坟头上的那一片苍天,虽然三个世纪过去了,我们同样会跟着历史的回声在那里大喊:

光就是从那儿来的!

让阅读，再一次湿润我们干涸已久的眼睛

一天开会，见何老师在读《我们把月亮忘记了》，不由心生感动。书里面有句话写得很好："我们已经忘记许多了，我们还会忘记什么？会不会有那么一天，我们把自己都忘记了呢？又或许哪一天，当我们想重寻对月亮的记忆的时候，想看一眼真正的月亮的时候，才悚然发现，月亮早已不存在了……"

几个月前在校外做读书心得汇报，我随着一首叫《滴答》的曲子朗诵了这段文字，我看见有人在下面悄悄抹眼泪。我知道，我们离开月亮已经很久很久了。我们离开的，还有记忆中那些感人至深的文字，和那个曾经享受的、引以为自豪的读书时光。

过了三十岁，碰到大学同学，见着了同事，闲聊之余，多半都要感慨上好一阵子。"是啊，很久没有再好好读书了"，"还读啥书呀，活儿多得根本干不完"，"哪有那闲工夫"……是的，太奢侈了，对于阅读。很多时候，我们只选择了通过加入购物车、下单、等书、取书

来全程体验知识的价值。此外,真当一本等待几天的书到了我们手中的时候,我们却仅仅在扉页上签了自己的名字。

这样的过程一样存在我的生活中。正如现在,我等六卷本的丰子恺《护生画集》拿到我手中,心里还暗暗念叨着:"这一次,这一次我一定要把它读完。"

"没有下一次了!"对面苏老师的话打断了我的思绪。她正和一名女同学谈学业。"趁着年龄还小,把想学的专业再好好学一学,专业知识扎实了,能力水平也就提高了。"说得对,没有下一次了。很多的好想法、很多的誓言,都是因为拖得太久,最后都成了遗憾。就像这阅读,为什么来的总是太迟?!

很久了,我们再没有因为一段文字而流眼泪。不是因为坚强,而是忘记了那灵魂深处隐藏着的脆弱。我们需要去寻找丢弃的往事和书,需要从百忙中挤出时间来钻进图书馆,需要为获得一刻钟的宁静而攒够我们的从容和力量。

一刻钟呀,一刻钟的宁静可以使我们与自己照面。偶尔有一次读到同事袁老师回忆故乡的文字,使我感到一阵清澈和宁静。文章中写道:青石板残桥不知还在不在,桥头石刻的龙头早已斑驳;青砖墙,高高的屋檐,老屋的房梁上还住着一窝燕子。如今,都已重建成了三层楼房……

有人说:"看电视已经不减压了,低俗节目反而会让人的情绪更糟糕。"那就应当去看书,文学的、艺术的,一切鞭策我们思想的文字和图片。应当让阅读,再一次湿润我们干涸已久的眼睛。

凝视杜米埃的油画《三等车厢》,使我想起了故乡,想起衣衫褴褛的父辈和他们的粪担。读海子的诗,让我想象着海子的墓碑和那两块玛尼石,当地村民们很难理解,为什么会有那么多人不远千里来查湾祭奠,缅怀一个自杀的人?

我被一次次打动着,因为阅读。是阅读,引领我看到了生命的真相。

许多年后,你还会被人记起吗?

有一次在火车上看杂志,读到一段话很耐人寻味,文字是这样写的:"毫无疑问,没有人会记住你口袋里的钱,千金总有散尽的时候;没有人会记住你手上的权力,再大的权力也会过期。人们只会记住你的真情与感动,记住你给这个世界带来的欢乐。"

那时候,黄昏正掠过万千个村庄和城市,火车一路寂寂地在奔跑。我看见车窗外绿油油的庄稼地里依然有人忘我地为麦子打农药,远处山峦起伏,天地接壤的一道道弧线泛出了无声的灰白色。一刹那,我被这世界深深地打动了。

我的耳旁还回响着一首关于时间的曲子,列车播音室开始了第二次播音。车厢内有人在走动、有人在搭讪、有人在沉思、有人在吃东西,一切都呈现出生命最纯粹、最真实的一面。我合上了杂志,任飞逝的时光无数次去撞击我的记忆,就像车轮撞击铁轨的声音一样。

远行总是促我想起生命中经历过的许多人和许多事,想起许多的离合悲欢。我知道,没有谁可以永远在行走的路上,尽管人的一生最需要的是行走。行走中,所有人最后都停在了路上。不同的是,有的人很快被人遗忘,有的人还会被人记起。不知道许多年后,你、我、我们还会被人记起吗?或者我们是否还会被我们自己记起?

事实是从我们记忆中滑过的时光,被我们用心留住的本来并不多,被他人留住的就更少。所以我们需要借助远行一般的孤独来开始一次次寻找。很多时候,我们需要带上我们的真情与感动去生活,我们需要发现我们的真诚和善良,我们要给这个世界带来欢乐。许多年后,纵然我们同样被人遗忘,但那一份真情与感动,以及寄托于万物的永恒的爱意,却早已融入自然、融入历史,汇聚成了新的力量。

许多年后,火车一路寂寂地在奔跑,我兴许还能看见车窗外绿油油的庄稼地里依然有一个人忘我地在为麦子打农药。

对于他,虽然我记起的只是一个背影。

净　土

城市的灰尘少了,但人心不一定能跟着洁净。

有一天我的同事发来信息,说:为什么这么大的世界,竟没一个我的容身之所?我怅然若失,也不知道如何答复。许多年来忙忙碌碌奉承着的东西,走着走着,就又想逃离,想把它丢掉。有时候还想,失去了,或许才算得上真正的得到。

这生命的成长还真像是一场弃绝的过程。看透了、看开了,就想弃,弃掉虚假和了无生趣,弃掉苟且的人生。慢慢地,心灵开始走向洁净。

原来精神增长,表现的是一种减法。

我读《隐士传》,就曾羡那些弃官归居的隐者,羡他们占据精神高地,像蝴蝶一样飞舞在山林,做一回大地真正的主人。那是多么的富有诗意!杨柳、牧歌、田舍……和找到家园的人一起构造出了世间的净土。

而我,却在尘嚣中。

但我努力使自己清净。为此,我常常借助两种情形:一是音乐,一是夜色。

我郊外的住所临近贺兰山,遇着好天气,半夜醒来就能感受到微风的温润。那时候,我喜欢立在窗前向外凝视。一洼池水静静的,马路上空无一人。风,在整个天际间传递讯息,夜空静默,仿佛一场盛大的安排。我由此心生感动,这是多么洁净的宇宙,多么洁净的片刻呀!此刻,我去和深邃的夜晚一同咀嚼时光的滋味;此刻,我要拂去我心头所有的尘埃。

一片刻,人在浮世,又怎能不去在意这一片刻?

一片刻的孤独,一片刻的等待,一片刻的清净。有一篇题为《禅在片刻茶香》的文章说得甚好:"生命的因缘法、生活的万千相貌,尽在片刻茶香水色之间,禅在何处?在每一口冷热甘苦的用心体会。"片刻虽然短暂,但体会得当,却足够饱满我们的信念。

同样,好的音乐也能使人重新发现自己。我相信音乐的这种力量。

我常常会循环播放一两首自己喜欢的曲子,在正午,周围暂时安静下来的时候,或者是远行的列车上。飘逸、空灵的曲调会使人忘忧,我不喜欢太闹的音乐。记得朋友曾经给我推荐过一首《琵琶语》,我就独这一首曲子连着听了半年。我需要借助好的音乐来舒展灵魂,需要生命中短暂的小憩。

片刻,小憩,净土,我们要把心安放在哪里?岁月深处,无论再遇何种烦忧,我们是否可以来一场弃绝?弃掉虚假和了无生趣,弃掉苟且的人生,哪怕是短暂的,去尽情拥抱生命的真相。

用好我们的四肢

　　一天在城市的街道上行走,见街边一群人围着一位乞讨的中年残疾人,认真地看他写毛笔字。这种把艺术和乞讨结合起来的营生方式我见得多了,许多回几乎都是加紧步子匆匆走过,但这一次,我站立了很久。

　　中年人失去了双臂,他借右脚的大拇指与食指费力地夹紧毛笔,身子向后倾斜,蘸墨的时候像是快要跌倒的样子。看得出,他把承受力量全部交给了自己的左腿。他用左腿支撑他的右腿,用心灵支撑了他的艺术。那一刻,我已忘记再去看他写的字,我只看着他断臂截位处颤抖的肌肉……我在想:他的双臂已不在了,但他满身的力量却未曾失去过。原来我们的四肢撑的不只是我们的肉体,还有我们颤抖着的灵魂。

　　我下意识地摸了一下自己的手臂。很久了,包括我的双腿,其实我并未对它们产生足够的信任。我的双肩,应该还可以扛起很多东西;我的双手,可以托举出我生命新的光辉;我的双腿,可以去涉足我尚未经历的圣地。我没有用好我的四肢,我没有稳当我那下跌着的灵魂。

　　五年前我在潭城读研究生,也遇到过一位这样的乞讨者。他在街头的一块空地上吃力地挪动着,画着画。他的双腿高位截肢,但手中紧握的墨石却挥动自如。不一会儿工夫,一幅《蒙娜丽莎》的临摹便跃然眼前。许多人驻足观看,有不少人还掏出手机拍了照。我知道,震撼人心的不仅仅是那逼真的画面,而是沉浸在艺术世界的那一份坚韧与独立。一个人,当他失去双腿的时候,他的双臂就多了行走的意义;一个人,当他失去双臂的时候,他的双腿就多了托举的意义;一个人,当他失去四肢却依然选择坚定地去面对青春、勇敢活着的时候,一定是他的灵魂承受了他生命全部的意义。

　　早就听说西海固有位农民作家叫王雪怡,与轮椅相伴,却始终坚持着文学的梦想。他长年趴在炕上写作,胸部常常被磕烂。他说:"文学可以把人从苦恼的境界中带入忘记你苦恼的这种快乐的心情。"而我们,在自己还很健康的时候一定要做到的就是用好我们的四肢,再不要辜负了它们。

喝一壶老酒

《唱一壶老酒》是一首歌曲的名字,演唱者陆树铭。我常听的版本是他两年前在《回声嘹亮》舞台上的演出。他身材魁梧,声音宏厚,一把花白胡须,陆树铭的元素都和他早年出演《三国演义》中的关羽有关,他把戏中人物品格和演员自身修养很好地结合在了一起。这也是我所关注的一个标准。大凡我所喜欢的歌曲亦如是,我注重歌唱家的内心世界和他们寄予生活的真实态度。我时常在想,优秀的音乐首先融入的一定是一种对待生命的诚恳和感动。音乐的本质也一定是修养,是真善美。

诚然,我不是什么音乐评论家,也没什么乐理知识,我只爱听,爱探究个音乐背后的故事。近来我还专门琢磨一个讲座专题,我事先起了个好听的名字,叫《中国古典音乐背后的哲学世界》。我想试图厘清生活、音乐、灵魂的关系。随着年龄的增加,听的抱怨多了,见的世面广了,看的广告多了,人就越来越需要好的音乐来安顿自己。可惜音乐有好多,好听的音乐却并不多;歌星有好多,本分唱歌的却并不多。在今天,能碰到一首实实在在的歌曲的确很难,有时候还要看人生的机缘。或者就需要那么一种心境，比如对逝去的青春的怀念，比如孤独，比如想起某一个人和某一处风景等等。我遇到《喝一壶老酒》，大约就属于怀旧的缘由。

　　我爱听那些与亲情友情有关，且有浓郁生活气息和沧桑感的歌曲。我记得陆树铭在演唱的时候，那个过门的背景音乐正是我心所往的一段感情基调，让我一下子想起了农村、想起了古老的磨盘、想起一个远去了的年代。出现在他身后大屏幕上的第一个镜头，即是土坯墙上挂着的一串大蒜和墙角下的一囤子玉米，这使我忍不住掉下眼泪。陆树铭的歌是那么牵动着人的心，这是一首献给母亲的歌：

　　　　喝一壶老酒
　　　　让我回回头
　　　　回头啊望见
　　　　妈妈的泪在流
　　　　每一次我离家走
　　　　妈妈送儿出家门口
　　　　每一回我离家走
　　　　一步三回头

　　　　喝一壶老酒
　　　　醉上我心头
　　　　浓郁的香味儿
　　　　咋也就喝不够
　　　　一年年都这样过

一道道皱纹爬上你的头

一辈辈就这样走

春夏冬和秋

喝上这壶老酒啊

我壮志未酬

喝上这壶老酒

忠孝两难求

喝上这壶老酒

那是妈妈你酿的酒

千折百回不回首

我大步地往前走

  我被歌声中的一片深情打动,一种侠气中的柔情、拳拳孝子心。我仿佛看见母亲忍泪送儿出家门,一头迟迟不愿离开、一步三回头,一头千叮咛万嘱咐、望眼欲穿。这一镜头,将永远定格在中国历史最深处,以它伟大的沉默诠释着生命中最本质的力量。我喜欢音乐给予人的这一种力量,我希望好的歌曲能激起人心中的涟漪。

  刘和刚曾在《综艺盛典》的舞台上为其母亲跪唱的一首《儿行千里》使我至今记忆犹新。那一刻,他的歌声正是从内心迸发而出,是由情感推动的,已经超乎了技艺所能达到的范围。

  喝一壶老酒,品一首老歌,我知我所追求并非图个高雅。我只就了时光沽酒,怕是要在记忆中买一回醉了。

一个清绝的世界

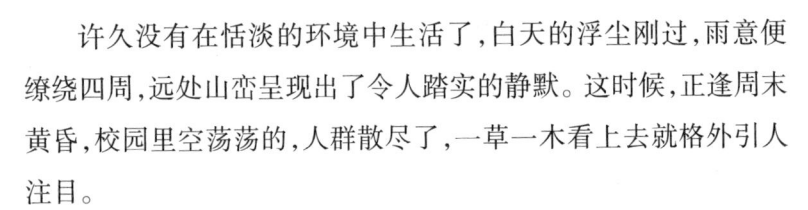

许久没有在恬淡的环境中生活了,白天的浮尘刚过,雨意便缭绕四周,远处山峦呈现出了令人踏实的静默。这时候,正逢周末黄昏,校园里空荡荡的,人群散尽了,一草一木看上去就格外引人注目。

信步而行,到了一段林荫小径。迎春的花儿争相开齐了,仿佛每一株野草都不肯错过这样的春天,他们的搭配既是天成的,又有抹不去的诗意。倘若没有人用心去对生命做一番安排,包括我们自己的生命,世间就不会有这么多的巧合。偶然的,匆匆的,一切因为说不清的缘分。

我自爱任意的散步和春的泥土的味道,都是由于压不住的灵魂。有人说:"停下来,等一等灵魂。"然而在我停不下来的时候,我就只能以这样无拘无束的散步来完成一次次灵魂的回归。

不一会儿,起了微风,一阵花香扑面而来。一瞬间,我被那真实的芬芳深深打动了。平日里喜欢琢磨人的世界,却忽略了这个花开的世界。忽略已久了,我错过太多次与自然融合的机会。回想起儿时的我，还有同龄的小伙伴们，我们曾疯狂地奔跑在乡间小路上。我们爬杏树、割牛草、把炒熟了的瓜子悄悄地埋在地埂边等待它发芽。曾经，我们是那么深入地与大自然融为一体。我们是艺术家和收藏家，我们喜欢摘一片树叶来仔细夹在书本中间，直到它泛黄、干枯、悄悄掉落。我们迫不及待地翻开领回来的新课本，喜欢偎在墙角下去闻它的味道。我们总是从大自然中汲取颜料，喜欢用白杨树叶和苜蓿花将课本上的黑白插图涂得绿一块紫一块……我们不懂诗与哲学，我们喜爱的是一片自由自在的天地。

现在，因为习惯了喧嚣，反而变得麻木了。每一回亲近自然，似乎人人都在努力寻找着回忆。事实是，自然并未曾远离过我们，只是我们远离自己的世界已经很久了。

我们需要挤出些时间去领略——一簇花、一阵风、一笼烟、一个清绝的世界。

小聚灵台

班车爬上了北边的山坡,正朝着泾川方向开去,我忍不住又一次瞧向窗外。姐姐一家人和灵台这座小小的县城一起静守在山沟,越来越远,越来越小,最后,凝成我记忆中的一个点。

想起几日前夜幕中到灵台,班车驶下北山的时候我也是这般地瞧向窗外,县城淹没在群山深处,温顺得令人感动,纵然四周山峦昏暗,但街道上几排明亮的灯却一直从西延到了东……我的姐姐,在这里坚守了十年。

那一瞬,我不由得一阵酸楚。

十年了,儿时的记忆像洪流一样一下子涌进我的心里;十年了,我第一次来到姐姐生活和工作的地方。回过头来想一想,这十年来,我又是如何在人生的路上奔波,过分的忙碌早已使我忘记了去寻找,其实亲情一直就那么静默地守候着,就像是家乡的一道菜。十年前的这个时节,我背了行囊到湖南衡阳日报去实习,我的姐姐选择来灵台教书,我们开始追逐各自的前程。姐姐先是在一个叫朝那的小镇待了六年,后来才到的县城。

班车停靠县城汽车站的时候，姐姐一家已经在那里等了两个小时。匆匆相逢，在灵台虽然只待了三天，却是一场很好的安顿。

姐姐买回来了很多吃的，却又反复请我们到县城各处饭店吃饭。她总希望我能吃上最好的东西，并想着法子让我把自己喜欢吃的食物吃个够。在她的记忆中，还保留着我们小时候一起挨饿的情形。那时候家乡连年歉收，家里几乎顿顿都吃豆面饭，吃顿肉是很难的事情。要是端上来一碟肉，通常是一家人相互夹来夹去，谁都不肯吃。这种境况一直持续到1999年。往后的很多年里，随着家境的好转，每逢家人聚在一起，每个人都在尽可能地使对方吃得更好，吃得更充足、更踏实一些。

这听起来像是一个家庭的劣根性，但却同时是一种潜在的力量，正是靠这种力量，维系着生命中至高无上的尊严。人，不能冰冷地去面对生活；人，要带上温度活着。

黄昏的时候，我们在县城中心广场散步，陡然感觉心里闲适了很多。姐姐说平日里下班后，她就在这广场上学跳舞，姐夫在一旁篮球场打球，小外甥去寻他的小伙伴追逐玩耍，直到掌灯的时候，大家一起聚拢了回家。

我开始羡慕这样的时光，羡慕如此的悠然诗意和一种对待世界的态度。

此刻，坐在离别的班车上，我便忍不住要回首，像回首往事一样。这一路岁月不停奔跑，莫不就是在寻找？车轮一般驶向了前方。

换一种态度活下去

现在,一个十分安静的夜晚又一次来到我的窗前,依稀几点灯光在远处,那么从容自在,守候着郊外的一片片隐没和遗忘。白天一过去,浮尘就又落回到了大地,我便开始寻思一天走过的路。这一刻,人最需要沉静,仿佛沉静最能显示一座城、一世人、一条路最古老的基调。

休息了,万物疲惫之后。

然而我又独好这基调,却怎么也睡不着。我给自己找来一瓶酒、一碟花生米,摆在书桌一角,任由思想驰骋。手指在键盘上敲过,一如我任由醉意蔓延至全身。

回过头来仔细地想一想,人,无论身处何种境况、无论多么卑微,都不应该缺少寄托。一盏灯,一点点希望;一壶酒,一腔诗意……只可惜盲目行走又往往会使人过早迷失,因为外界干扰的多了,自己贪恋得多了,精神就容易打盹犯困。就像这个十分安静的晚上,其实日月如是,并非难得。可是人呢,只有醒觉,才会嚼出时光的味道来。可见人生要有寄托,就要有醒着的时候。

陡然间想起白天在课堂上的一顿发火。那时我甩下狠狠的几句话：我说我十分担心这总是睡倒一片的课堂，暮气太重，残喘的呼吸使气氛更加凝重，压抑的悲凉感都叫人不忍去开口说话。总觉得一提声音，有几个将要因此不久于世，别人讲课要钱，我讲课不能要命。倘若如此，我将会带上最后的尊严，去保持一种疼痛的沉默！

是的，想一想，正青春的时候总在睡梦中度过，太过于奢侈，算不得什么高尚的活法。白天睡不醒，晚上却睡不着，捧着手机到天亮，直至手机从手指间悄悄滑落，大拇指竟还保持触屏的姿势，岂不令人惜怜得厉害？太可怜了，犹如十三亿人同时在夜色中对着窗外发呆。人，不应该这么走下去的——颓废的孤独和冷冷的不抬头。应当换一种态度活下去，为这个世界添一点生机。

看过英国当代艺术家 John Holcroft 的一组插画，题目叫《我们的社会怎么了》，很令人深思。他的插画揭示，在我们今天的社会，同样暴露出许多问题，比如网络控制个人的生活、每个人都喜欢抱怨、金钱和攀比诱使我们变得浮华虚伪而不真实等等，我们应当借助理性去朝着现代社会最丑陋的地方开枪。他的插画就起到了这样一个观察社会的功能，他试图去唤醒人的另一种生命态度，比方说踏实、精进、真诚和担当。

历史对每个人都是开放的，既然已经走到了人生舞台的中央，我们就该用澎湃的激情去继续接下来的演出，抬起头看看我们的宇宙，俯下身来捡拾我们身边的美好，那个花开水流的世界，那些曾经错过的光影和文学……

生活并非事事如意，但不囿于生活的人，会从这许多不如意中发现美好的东西来。这就需要我们换一种态度活下去。

人过三十

早已过了对着墙壁飙尿的年龄,生活越来越中规中矩,可也大不一样,人一过三十,趣意少了,就又喜欢讨一点点率性、自由、不经世故的那么一些趣意。

如今安静不下来,哪怕一点点。连去个卫生间都怕碰上领导和熟人,要托故休息的几分钟即被荒废,在唠唠叨叨中,或者压抑的沉默中。

实在没有透气的地方,就放大了音量听音乐,在A4打印纸上无意识地练字,使劲地喝茶,一杯接上一杯。

这些还不够疯狂。突然有一天看到一句话,说"再不疯狂就老了"。老了?我还没有想过。偶尔有一次同事对我说:"我们要奔四了,感觉每天还只在活着中活着。"我便一阵格外地惊醒,我知道我需要继续去读书、写作、教书、思考生命的哲理。

人过三十,生命应该到另外一个境域,但这绝不意味着苟活。过了三十,人生同样有奔头。我也应该致力于使生命从这新的起点起航。人过三十,一样要有属于这个年龄段的锐气,还要不输给二十岁的自己。

最近的一次胃疼给了我启示,显然,以前的我对自己的胃的关心是不够的。同样的,抑郁、压抑、苦闷也一个道理,证明我脑袋的承受力不够,证明我以前对的自己的精神世界的关心是不够的。所以我要对我的胃和脑袋开始负责任,这大约是人过三十的新使命了。胃不疼,就不觉得老。看来胃口变化对一个人的启发也不小。

小时候喝奶,长大了喝酒喝茶喝饮料。过了三十是喝酒喝茶,过了四十是喝酒品茶,过了五十是喝酒悟茶,过了六十就再喝奶。想一想,人过三十哪能不疯狂?看似中规中矩,却映衬着人生的跌宕起伏。人过三十,同样有其不甘平庸的胃口和张力。

看来"人过三十不学艺,人过四十不改行"仅仅是个托词。只要雄心不改,艺是可以学的,行是可以改的。或许这才是真正的疯狂。

星星点灯

多少年过去了，行走在大街小巷，不时还能听到这首叫《星星点灯》的歌曲。平日里不在意，这一次我驻足。或者因为年龄的增长而滋生了愈来愈浓烈的怀旧感，我咀嚼过往人生，多半都是像这样，从生命细处的音乐和熟悉的感动开始。

九年前歌手郑智化复出，在北京的个人演唱会上带领大家重新唱了《星星点灯》，听说在场的不少观众洒下泪水。我因此而感慨。集体怀旧，几代人去寻找一个共同的故事，这样的机会在我们今天的生活中已经不多见了。就像人们进了电影院，进了报告厅，看一场电影，或是聆听一场文化讲座，要保持一瞬间的集体的高贵的沉默好像不太可能实现一样，越来越浮华的东西诱惑着我们，越来越刺激的声音包裹着我们周围，无数次占据了我们怀旧的空间。

然而怀旧却是有必要的。

我细细咀嚼着唱词及唱词背后那个渐行渐远的年代。记忆里拄着双拐的郑智化正艰难地挪动着脚步，不知是否由于黑白电视机的缘故，舞台看上去并不奢华。没有十分沸腾的场面，没有庞大的追星族,没有很好的音响效果,但人们都愿意为一首歌而来。那时候,还是很多歌曲的歌词能被我们听懂的时候;那时候,音乐技巧似乎并未走向成熟,但音乐灵魂直击心灵深处。很多人,不是被音乐本身打动,打动人的,是那音乐背后不弃的人生和令人敬畏的生活。

那时候,音乐和生命一样高尚;那时候,万千观众跟着一个节拍……

……
星星点灯
照亮我的家门
让迷失的孩子
找到来时的路
星星点灯
照亮我的前程
用一点光
温暖孩子的心
……

陡然想起一句话:"当我们走到人生的十字路口,突然不知道怎么走下去的时候,不妨停下来,停下来回头看,我们曾经是怎么走过来的。"是的,我们不仅需要去寻找未来的光明,同时也要为过去的自己点亮一盏灯,要"让迷失的孩子,找到来时的路"。

大学自习室

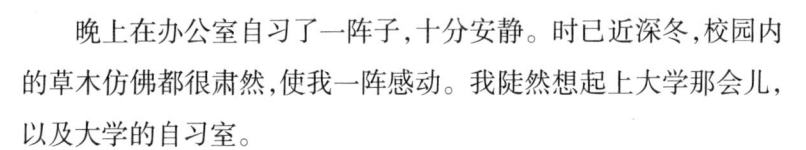

晚上在办公室自习了一阵子,十分安静。时已近深冬,校园内的草木仿佛都很肃然,使我一阵感动。我陡然想起上大学那会儿,以及大学的自习室。

我在华科读本科的时候,常常去东五楼四楼的401教室上自习。到了冬天,没有暖气,没有空调,所以401自习室总是空着的。我进去之后先把门反锁上,中间休息的时候,就喜欢拿起粉笔在黑板上练字。我还喜欢在一个空荡荡的教室里当老师,喜欢一个人对着下面的桌凳说很多话。华科的自习室有很多,但401却给我带来了独享的快乐。

其实当时最火的要数西五楼的117自习室,足够吸引广大学生的人文素质教育讲座就不定时在那里举行。杨叔子、涂又光、张良皋等一批大师登台讲学,所以,这个自习室通常是不容易占到座位的。如果听到当天晚上有讲座,大家就会一早起来去抢座位,自习上一整天,甚至连午饭、晚饭都不去吃。这是我迄今见到过的最神圣的自习室。

我在湘大读研究生的时候,图书馆的楼道是我们的自习室。从二楼到六楼,楼道里摆满了桌子。尽管如此,也常常会抢不到座位。早晨六点半开馆,图书馆门口就已经挤满了人。听说还有一些占座专业户,晚上和保安捉迷藏,彻夜留在图书馆,就是为了第二天还能独享前一天得来不易的位子。后来保安赶过几回,是否还有那样的现象我是不得而知的,但有一种学习精神总是感染着我。因此,我对湘大图书馆的记忆特别深刻。

我曾经也试着占第二天的座位,下晚自习时,放几本书在先前的位子上。但到第二天去一看,书本早被推到了一边。有几次,我的几本书还被人偷走了,后来我也偷别人的书。如今放在我书柜里的扉页被撕掉的两本书,就是我当初偷来的。

我向往一所大学、回忆一所大学,多半都裹进去了对大学自习室的一种特殊情感。而今从城市中穿过,当我再看到校园里的自习室的灯一排排亮起来的时候,就有一种由衷的感动。我总以为那是一个神圣的地方,在极尽简单的生活中为我们添了许多美好的光影。

幸福,就在那一瞬的感动

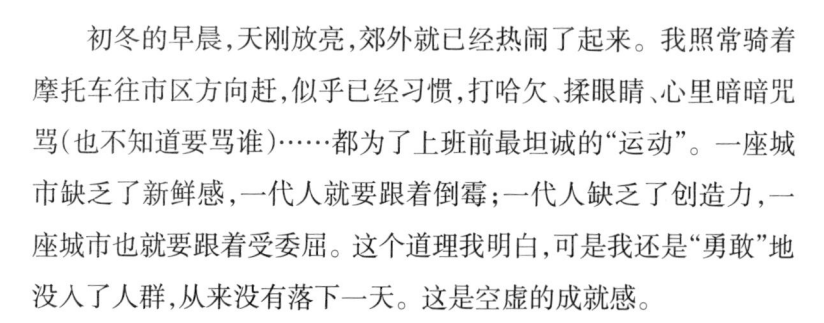

初冬的早晨,天刚放亮,郊外就已经热闹了起来。我照常骑着摩托车往市区方向赶,似乎已经习惯,打哈欠、揉眼睛、心里暗暗咒骂(也不知道要骂谁)……都为了上班前最坦诚的"运动"。一座城市缺乏了新鲜感,一代人就要跟着倒霉;一代人缺乏了创造力,一座城市也就要跟着受委屈。这个道理我明白,可是我还是"勇敢"地没入了人群,从来没有落下一天。这是空虚的成就感。

然而我同时希望从这车水马龙的世界中找出一些不一样的东西来,比如在无数次疲劳地观看追尾者与被追尾者枯燥乏味的扯皮漫骂之外,能看到一些久违的感动。有一次,就那么不经意,夕阳下,郊外,马路边,我看见一只喜鹊正无忧无虑地啄着夏天。它全然不计人世间的功名,不计薪酬、苦楚和怯弱,不计面子、应酬和虚情假意……仿佛忘掉了周围一切的嘈杂,在自觉地咀嚼着生命。一瞬间,我被打动了。这一定就是幸福的味道。

后来还见一只喜鹊落在我窗前的杨树上,久久不离开,时隔两季,树上的叶子掉了一大半,但这只喜鹊或许还认得我。

我真希望这平凡的小生命和这平凡的镜头能不被喧嚣所惊扰，就像我不愿意去惊扰那一对坐在父亲的平板车上打闹嬉戏的姐弟一样。我喜欢远远地看着，又期望选择一个离真实最近的角度。

还是一个初冬的早晨，我的摩托车在跟着我一起感受寒冷，头盔已经压乱了我的发型。就在前方不远处，一位父亲认真地蹬着平板三轮车，车上坐着姐弟俩，各自背了书包，偎在一起。车子四面透风，看起来寒碜，但姐弟俩并未因此失了快乐，萧寒的清晨薄雾中，不时传来阵阵爽朗的笑声。

原来幸福就是这么简单，它不是什么奢华的享受和无止境的挥霍，有时候，就藏在清晨的薄雾里，像露珠，只那么一瞬，却耐人寻味。

我的一位同事当班主任，近来班上遇到不少烦心事，连续几个晚上都回不了家。后来感冒了，在办公室泡方便面吃，又是流鼻涕又是打喷嚏。我们的一位学生看不过去，趁他不在的时候就在桌上放了一个苹果，压了一张纸条，写了句：老师，您要注意身体！同事回来看到纸条后，流下了眼泪。

幸福，就在那一瞬的感动。

一把二胡

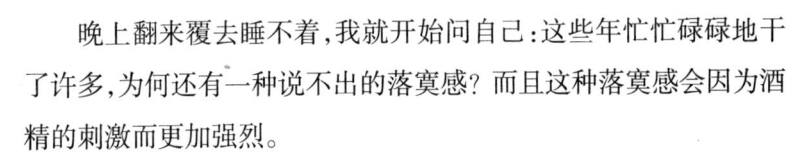

晚上翻来覆去睡不着,我就开始问自己:这些年忙忙碌碌地干了许多,为何还有一种说不出的落寞感?而且这种落寞感会因为酒精的刺激而更加强烈。

后来听音乐,听到二胡独奏的《一剪梅》,算是想明白了。缺钱?但这还不是最主要的,最主要的是缺修养。我当需极力滋养自己的灵魂,最好是借助艺术力量来填补精神世界的一片荒寂。

我索性爬起来给自己网购了一把二胡,配套一本《基础教程》。为时一定还不算晚!我是在想,一个人,对器乐的接触并不和年龄十分相关,而是与他对艺术的渴求充满着不解的因缘。假如时光准我在花园里、小桥边、田野中通过漫步去舒缓性灵,那我也应不羞于提着二胡坦诚地坐到教室的最后一排,或者和一群年龄悬殊的小伙伴在一起,透过音乐去寻找生命的韵律。

其实在生命的节奏的把握上,我们并不比孩子做得好。

今天,艺术的大门仿佛只为老人和孩子敞开着。曾经无数次错过晨曦和夕阳的我们,总以为很难再有闲情去蹲坐在小河边的石头上等日出,或者是绘画和写生,以及聆听那古藤缠绕的亭廊水榭深处传来的一阵悠扬笛声。压力与厌倦同时使我们对艺术失去了好感。我们开始不相信诗,不相信创作,不相信灵感,不相信绘画可以留住一个隐藏的世界,不相信轻音乐。

我们会想当然地以为艺术将从此习染上矫情,与这个欲望横生的现代社会格格不入。我们甚至开始不相信散步。

而这个时候,独独一把流浪的二胡从城市的巷尾走来。又是在以何种曲折、低沉、迂回的声音诉说着一世的繁华和落魄?我竟不知道,这声音是否还依然打动人?我也想要一把这样的二胡,从打动自己开始。

一名教师的将来

我曾读到过这样一句话,说:"今天上班了,明天还想上,这是事业;今天上班了,明天还得上,这仅仅是职业。"

仔细想一想,我们天天要上班,天天要挤公交车,天天要进教室,天天要穿梭校园好几回。如果没有永久的新鲜感和持续的热情,将是一件十分痛苦的事情。

有人上班,目的是下班。还有人在上班前,就为自己定好了下班前的闹钟。电脑一开,一关,一天就过去了;电脑再一开,一关,又一天就过去了;电脑一关,不开,这辈子就过去了。

有人说:"上班这一天最痛苦的事你知道是啥不?就是'下班了,活还没干完!'上班这一天最最痛苦的事你知道是啥不?就是'还没下班呢,活,干完了'。"一个人,倘若终日里无所事事,他终究不会快乐很久。梁启超曾把这样一种人定义为天下第一等苦人。如果一个人没有理想、没有对生活的憧憬和对未来的期待,那真是太苦了。

我不想这样去上班、去工作、去生活!

再平凡的岗位，都会有它诞生的另一层意义，比如说精神上的。我们在学校里教书，站在讲台上，或者坐在办公桌前，我们的学生毕业后背负使命奔赴祖国各地，因为教育这根独特纽带曾经牵系着两个人的灵魂，也同时使我们自己的思想辐射到四面八方。这是再神圣不过的传播与接力。尤其在今天，面对诱惑不动摇意志，淡泊名利，悉心教学，心怀天下，这应该是人民教师真正的涵养与品质。

几日前，著名哲学家、国学泰斗汤一介先生去世，上千名社会各界人士专程赶去送别。有不少人走出告别大厅时潸然泪下，感叹中国又少了一位国学巨匠。还有人说，先生的离去，不仅是北京大学的损失、哲学界的损失，也是整个中国思想界与社会科学界的损失。

有一副挽联最能说明先生的为人为学："阐旧邦，出入佛道，修儒典，品三教乐地，奈何哲人已去；辅新命，会通中西，立人极，明四海同心，信哉德业长存。"

虽然先生离去了，但他组织编纂的鸿篇巨制《儒藏》，将永远带着历史的热情，伴随人类文明一路前行。

我由此想到：作为中国的读书人，作为生长在中国这片土地上的一名人民教师，一定不能把自己的生命看得太简单，不能把自己的职业看得太普通。我们一定要有对社会负责的态度、对历史负责的态度、对民族教育事业负责的态度，为我们这个时代留下点什么。

我们当身处校园，但同时不忘天下苍生，要对万千学子的精神出路真正扛起责任来。

献给世界一个好人、一首好诗

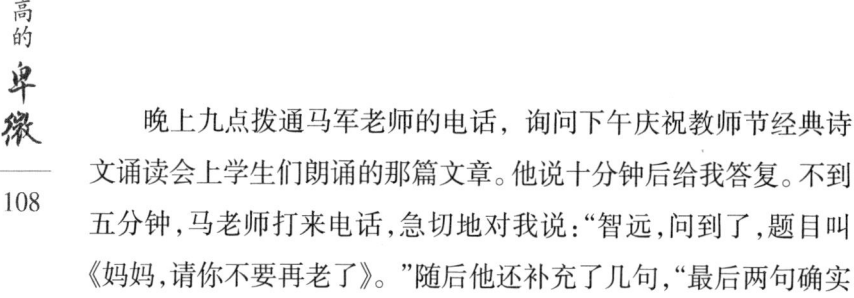

晚上九点拨通马军老师的电话，询问下午庆祝教师节经典诗文诵读会上学生们朗诵的那篇文章。他说十分钟后给我答复。不到五分钟，马老师打来电话，急切地对我说："智远，问到了，题目叫《妈妈，请你不要再老了》。"随后他还补充了几句，"最后两句确实很感人，'妈妈啊，你不要再老了；你再老下去，我就没有妈妈了'。没想到在我们越来越浮躁的时候，还会有这样温暖的词语不住地呼唤着我们。"

是的，那一刻我正坐在上千名新生的身后，我看见他们中间不少人低下头来，悄悄擦拭着眼泪。因为想家，或者成熟，或者愧疚，或者触碰到流逝的年华……

我亦悄悄噙住泪水，不任由它掉下来。我反复拨弄着自己的指甲，我想通过呼吸来分散自己的注意力。直到场上音乐停止，这首诗歌被彻彻底底地诵读完。

我身边不远处坐着的一位女孩始终没有抬起头来。她双手捂着脸，泪水明显使眼角开始浮肿，那一身单薄的迷彩服微微在颤抖。我下意识判断,她可能已经失去了妈妈。

她没有机会再说这样的话了,没有机会去说"妈妈啊,你不要再老了,你再老下去,我就成了孤儿了"。她只有一个人默默地去承受,在未来充满风雨的道路上,她要更加坚强地生活,去勇敢面对未知的世界。

同时,我祈愿她能够一直这么善良。还有那一刻噙着眼泪的一切正在发现善良的老师、学生,以及纷繁世界中万千颗善感的心。当暖暖情谊因为时光的映衬而连通在一起的时候,生命就像是一把燃烧的火焰。

一个好人,他会带着诗性的光辉,照亮这个寂寂的世界。

不能没有生活的激情

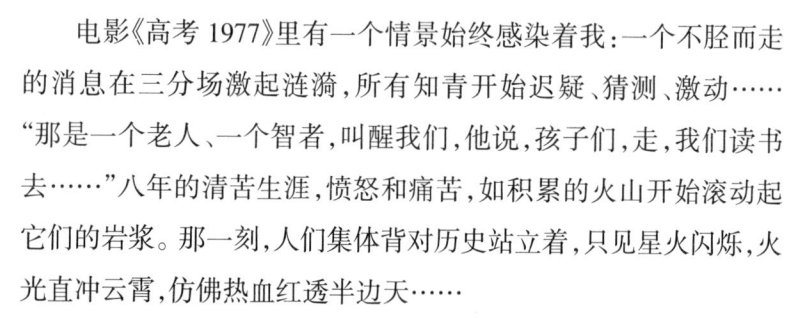

电影《高考1977》里有一个情景始终感染着我：一个不胫而走的消息在三分场激起涟漪，所有知青开始迟疑、猜测、激动……"那是一个老人、一个智者，叫醒我们，他说，孩子们，走，我们读书去……"八年的清苦生涯，愤怒和痛苦，如积累的火山开始滚动起它们的岩浆。那一刻，人们集体背对历史站立着，只见星火闪烁，火光直冲云霄，仿佛热血红透半边天……

我由此常常想到两个词语："如火如荼""血气方刚"（在课本上，它们是熟悉的；在生活中，它们却越来越陌生）。正值青春的时候，我们也当如此去选择和改变自己的命运，充满激情与热血。对于生活而言，安逸、顺从、习惯往往都不是一件好事。倘若缺乏了激情，将如死水，静静地泊在沼泽地里，只有等待浑浊、颓废和变质。但事实是，我们不该这样去轻视我们的人生，因为任何时候，我们都无法割舍与青春的关系。许多年后，如果还行走在未来的道路上，青春将是一把戒尺，一再警醒着我们奔向崇高。人，直到生命的最后一刻，才会发现：真正教育了我们的恰恰是自己的一生。那时候，我们最不能忽略的就是奋斗的自己。因此，为了我们的安顿，我们将要开始漂泊，我们需要度过有激情的青春。

生活不正因为有了波澜壮阔，我们才可以做到"中流击水"吗？在苦难与坎坷中流着眼泪一个人默默前进，不正是因为我们有勇敢的心吗？我们不言弃，将可能越挫越勇；我们不麻木，将可能越富有诗意和灵性。肉体渐渐变老，灵魂却越来越年轻，这不就意味着我们的重生吗？

人，应当把最高的信仰托付给自己那颗不老的心！

去集市上一家古玩店刻章，闲聊中，我被店主人对待生活的那一种激情打动了。她说闲来无事的时候就喜欢对着店铺里的某一块石头凝思，去猜测它的年龄，想象着它曾经历了何等的风雨，它的纹路应如江河流水或云烟霞雨，它为什么又机缘巧合地落在了这案头……一个小小的店铺，一个小小的世界，一个被信息时代宏大历史主题淹没了的小小的艺术角落里，因为藏着难能可贵的生活的激情，而被我此刻书写来一再放大，这同时使我明白，书写也一样需要激情。

再平凡的工作、再平凡的生活，我们都不能没有激情。

留给时间的敬意

曾经读到这样一句话,说:"如果我必遇见你,请时间绕行。"想必是从一封情书上摘下来的,由衷的言语依然还在传播,却不知那写信的人儿今又在何方?

事实是,时间并没有对任何人绕行,人们百般估计、千般阻拦,数万次的承诺都被时间一一击得粉碎。许多年后,我们看到花落了一地,看到承诺洒了一地,满脸皱纹深陷着我们萦绕的青春和记忆……可是,我们仍然不可以悲观。你听那时间唤醒万物的声音,滴答滴答的,整个世界都在不停地转动。越加仓促,短暂的存在就显得越加高贵。那些数千年的承诺虽然悲壮而脆弱,但至今听起来还那么感人,不都是因为人在一次次带着丰富的感情去选择脱凡不俗的生活吗?

这样纯真的话语,都是留给时间的敬意。

很多时候,人们喜欢借用流逝的时光来温暖自己;很多时候,回忆是一剂良药。我曾无数次地被一个个定格在影集上的保持着高贵的沉默的集体打动着,无论在哪里,我都能从那些翻看着往事的人们的身上找到这个世界的共同点——爱与善良。一个人,当他的心灵走在了回望的路上,他将会选择他再熟悉不过的曾以为的一片片陌生。那一片片陌生,因为时间的映衬再一次发亮,那些发亮的光芒就照在熟悉过的人和物上,隐藏着不可言说的意义和情感。一个人,会因为回望而再一次接触他的具体和真实;一个人,通常被他自己打动着;一个人,因为时光的飞逝而获得了机会,他幸运地向过往带去了许多悄悄话。

人,都有和自己对话的时候。

如今,那些泛黄的小人书也不知道去了哪里,一个年代仿佛只是昙花一现。撂在课桌上的一堆书,那根挂在门后的教鞭、三角板、量角器,不知被谁踏折了的半截蜡笔,装扮了很久很久的铅笔盒……

时间就这样带着味道,但因为历久弥新,所以从来不发霉。我们应该感谢过去,感谢我们曾经拥有过的时光,感谢和时间照面的每一次悲欢。花落了一地,但春天如约而至。一地的承诺还在等待千年后去捡拾,是因为一代又一代的人们,都愿为时间留一片敬意。

——这是生命的敬意!

漂泊的抒情

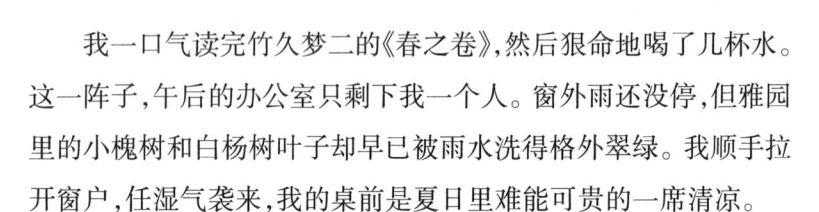

我一口气读完竹久梦二的《春之卷》，然后狠命地喝了几杯水。这一阵子，午后的办公室只剩下我一个人。窗外雨还没停，但雅园里的小槐树和白杨树叶子却早已被雨水洗得格外翠绿。我顺手拉开窗户，任湿气袭来，我的桌前是夏日里难能可贵的一席清凉。

多么的短暂，又多么的珍贵。就像樱花，绚烂一世，苦于一瞬。人生又何尝不如此？短暂的相聚，匆匆的别离，却那般珍贵。

想着想着，就又一阵感叹。想一想，能拥有这么个美好午后已经够奢侈的了，还要去向世界奢求什么？许多短暂，不正如人生一瞥吗？何况我还可以借此去读诗、看画，还有写作。这就是人生。

竹久梦二很用心地把人生一些真实镜头画了下来，仿佛都是些小视角，却藏着深刻的道理。尽管他自己说过："我曾想要成为诗人，但诗稿不能代替面包。"可是他还是为其画作配上了一首首生动的小诗，或者仅寥寥几个字，意图去揭示一个道理。显然，竹久梦二的艺术理想不是为了获得更多的面包。

这也给了我一个启示：就像此时此刻的阅读和写作，应当是安静的、真实的、发自内心的,跟功利无关。

竹久梦二自始至终都在寻思一个终极性的答案:人生来去如樱花苦于一瞬,莫可名状,但若能够懂得珍惜和学会去创造,能够感受到生命的温情和温度,短暂也足够美好。

人生是纷繁复杂的,但最本质的道理却很简单。有时候仅寥寥数笔,或者是一幅画、一行诗。

在《紧闭的窗户》里,竹久梦二就渗透了这样的思想。画面上是他笔下惯常的村落的一角,两户人家楼宇相望,一家炊烟袅袅,另一家却冷冷清清。梦二还附有一段文字:"正对着我窗户的二楼人家,从前窗明几净,烟囱里时常炊烟袅袅,然而现在……等到春天再看吧。"无数次,他想要诉说的都是"时光"。时光里,人来人往;时光里,花开花落;时光里,一切无常。时光不待,人去楼空,一切竟那般匆匆……梦二在他的画作里,倾注了几分怅惘和几分等待。

他仿佛要通过画作来留住世人匆忙的脚步,让每一个人有机会在画面中看到真实的自己,进而去思考。恰恰在今天,这种艺术的精神不多见了。梦二似乎给我们提了个醒:艺术,要关注人的不幸,同时,要帮助人找到信心。

竹久梦二的画就是这样地抓住人的心。再比如《红日》,一个人拉着一辆马车走在旷野上,远处是落日、杂木林。

梦二说:

> 红日,倏地落了,在杂木林上空。
> 静眺东京的街市,暮色渐浓,
> 有杂音声声入耳,不知所起。
> 白日垂暮!

人世落幕!

那一轮红日,可会再次升起!

竹久梦二把生命当作一场旅行,随日月一起迁移。或许这就是人们称他为"漂泊的抒情画家"的真正原因。

或许就是为了明天

或许就是为了明天,可能明天还会有更多的伤害、委屈和泪水,但人们依然勇敢追求。这就是生活。

——题记

我本家的五叔给别人卸沙子挣钱,干累了,就倚在三轮车后车厢一侧的车门前休息。车门掉下来,将他打翻在地,头颅里出了血,被送进医院。

其实他的前半生就已经够苦了。十多年前在家门前挖地基的时候,埂子上的土滑坡,五岁的儿子被埋在了土里。这个伤痛终究无法愈合,随着日月迁移,他才渐渐从打击中看到了一些新的希望。几年前,厄运又一次降临,工地上的搅拌机吞去了五婶的一只左手。

五叔就是这么平凡,生活给他毁灭,同时还要他有新的希望。这希望是什么,或许就是明天,为了一个更加美好的明天。

为了美好的明天,我们甘愿一个人独自流泪;为了美好的明天,我们相信我们所有的伤痛都只是暂时的。人,不能没有明天,即便明天还会有始料不及的更多的不如意、更多的伤痛和更大的失望。但人,又哪能轻易自动放弃。这就是人,世间高贵的存在。

假如我不愿意,不愿意为我的明天去努力,我就这么平静地苟且一生。那么,我想,我的人生里是没有明天的。明天是永远属于那些为之而奋斗的人。

有一次晚自习参加学生的读书会,我被一个细节打动了。交流环节,我让一位躲在角落里并不起眼的怯生生的女生也谈一谈什么是写作。她说她平日里不怎么写东西,但有一回,在楼道的卫生间旁看见两位干完活的工人师傅正蹲在地上吃泡面,她说突然很想写一些东西。她说她想起了远在农村的父母、想起了家乡,她希望天下所有受苦的人都有一个美好的明天。

我被她所说的情形和几近哽咽的叙述打动了,为她点评的时候我还特意补充了一句,我说我希望你也有一个美好的明天。

或许就是为了明天。明天,那些在深沉岁月中曾经流过无数次汗水的人不再有眼泪,让他们享受更多的阳光。我希望这样的明天能早点到来,在困乏的身子一觉醒来之后,日光新洗,一切都是美的。

听歌的人不许掉眼泪

从朋友的手机上听到一首名叫《乌兰巴托的夜晚》的歌,瞬间就被那低沉的声音抓住了。歌曲一开头,大提琴沉郁顿挫,仿佛深邃夜色一样苍凉,一个人静静地守望,目光紧紧朝向远方……

这节律极其令人怀旧、难过,忍不住要掉眼泪。

可是歌词中为什么偏偏有那么两句:乌兰巴托里木得西,那木哈,那木哈,唱歌的人不许掉眼泪;乌兰巴托里木得西,那木哈,那木哈,听歌的人不许掉眼泪。

我回过头来仔细揣摩,临睡前还躺在床上反复去听。夜阑人静的时候,在我窗外就有那么一片坚实可靠的大地,还有广阔无边的夜空,供我用安宁去朝拜日子。我仿佛看见了,过去的自己就挂在那天边,虽然隔了重重夜幕,却又熟悉地促我回想起很多很多,满满的都是回忆。

我聆听,故乡和远方、回得去的和回不去的……这动人的旋律使我越加明白,原来唱词真正要诉说的是"乌兰巴托的夜晚多么静,多么静,唱歌的人,听歌的人,都会忍不住掉眼泪"。

这是来自音乐的抚慰。

这一滴泪,掉在了远离自己的过去的每一个人的心坎上;这一滴泪,掉在了时光最深处。

这听歌的人,怎能不掉眼泪?

记得一年前,北外"大师兄"何炅携电影处女作回母校宣传,学弟学妹们就为他准备了一份特殊的礼物——用九国语言唱《栀子花开》,使在场所有观众动容。何炅更是泪流满面,哽咽着说了一句:"家,就是走得再远也会回来的地方。"我想,音乐就应当在我们的生命世界中承担这一任务,把无数个听歌人的真性情唤回来。

还有一个镜头使我无法忘怀,就是当年小虎队解散后,吴奇隆在一档节目上含着眼泪唱《祝你一路顺风》。演唱过程中,苏有朋突袭现场,使吴奇隆泣不成声。这个镜头至今还被无数网友疯传,有人留言说:"走过青春,依然那么美好。"还有人留言说:"逝水年华怎能叫人不流泪。"

这是听歌人的眼泪。

还有诗和远方

慢慢明白了,戴三百块钱的手表和戴三万块钱的手表,时间是一样的;住三十平方米的房子和三百平方米的房子,孤独是一样的。总有一天你会明白,你内心真正的快乐,是物质世界永远给予不了的……

——引来的帖子

一有闲暇,就喜欢往郊外走。准确地说,我就住在郊外。没有去更大的城市生活,主要是没有经济能力。此外,我所向往的,依然是那么一个梦中的小镇。

我对这小镇曾经有过几次描写。大概是血色残阳,小镇的不远处还有一座长满树木的小山丘。林子深处不时传来归鸟的啼叫,而那时,我正背了行囊沿小镇街道孤独地行走。耳旁传来一首熟悉的曲子,是汪峰的《北京,北京》,或者德德玛的《雕花的马鞍》。总之,沧桑怀旧一些为好。

我急于问宿但又同时舒缓着精气神,我饱含了一种对生命极强的感受力。仿佛那一瞬,身体和灵魂要回到同一个地方。

又如遇故人,如遇往事昨昔,藏在眉头里的孤独反而跳出来逗我,一次次拨开我疲惫的双眼,让我选择用诗意重新打量生活。

黄昏之下,人们搬出小桌椅放在自家门前准备吃晚饭,这一切和我无关,又和我息息相关。

有人吵醒我,会说:你做梦吧?可我依然独享这梦境,我总以为梦想首先是让人能有做梦的自由。你可以尽情去诗化你的生活,使你保持一种对美和自由的追求,直到你被生活打败,你的梦碎了一地。但至少,你曾因此看到了远方。

是的,诗和远方,它可以给予我们内心真正的快乐。

但这些仿佛又都是很久以前的事情了,不知道从什么时候开始,人们几乎普遍寻找着物质世界的极大快乐,钱、房、车、购物、狂欢……非但没有增加多少快乐,反而孤独的时候越来越多,抱怨的时候越来越多,想骂人的冲动越来越强烈。一座座现代化的大都市,保证得了设施的一流和楼宇的大气,却保证不了人们灵魂的充实。

高晓松曾写有一文,叫《生活不只是眼前的苟且,还有诗和远方》,读来令人深思。后来有人问起他,问题大概是:"诗和远方"到底是什么?高晓松的回应中有这么并不经意的一段,他说二十一岁生日那天,他一个人在清华宿舍摆了三张馅饼,他想要是有人来宿舍看他,就一起分享这些馅饼。可是,直到熄灯,都没有一个人来。他独自吃光了全部的冷馅饼,钻进冰冷的被窝。不过,他说自己一点儿都没有难过,因为他拥有诗和远方。

我读完一阵感动。我亦由此想到,这所谓的"诗和远方",不就是用以守护心灵的力量吗?无论何种艰难苦涩,也无论多少风雨兼程,我们都应当具备一种超越于物质之上的精神——诗意与豁达,并以此把握生命世界真正的繁华。

别忘了,还有诗和远方!

第三辑 身在此岸

一个人可以清贫,可以平凡,但一定要有担当。文学也不例外,应当如格非说的那样,让写作关乎良知、关乎是非、关乎世道人心。

谁能帮我写个汉字？

做了个梦,梦见我拿着纸和笔站在闹市的天桥上,逢人就上前搭话:"谁能帮我写个汉字呀？帮帮忙……帮帮忙……"

有人狐疑,有人冷漠,有人嗤之以鼻……偶尔停下来的满含同情,迅速接过我手中的纸和笔,一边安慰我,一边寻找思路。良久之后,愧疚又失望地告诉我:"对不起,我也不会。"随之将纸和笔重又塞给我,转身没入茫茫人海……

这梦做得离奇,醒来后还持续好一阵子的难过。夜色深处,仿佛一种莫可名状的孤独和压抑正包裹着我,使我极度不安。

或许有些庸人自扰,我以为这"写字"的技艺怕是在不久的将来要消失了。而事实是,我的担心并不多余。就在我做完梦的第二天中午,我拿着学生一早考完的试卷批阅,陡然发现:我的梦应验了。因为长期依赖电脑和手机、依赖复制粘贴,大家拿起笔来写字显然有些生疏,能写正确的字就少之又少了。

记得有一题是"谈谈学习《思想道德修养与法律基础》的心

得",有学生起笔就写:"思休课对我的启发很大……"我又着急又感动。着急的是字写错了,思修的"修"写成了休息的"休";感动的是他的这个字虽然写错了,但又错得意味深长。

还有学生写"学了这门课,我感觉就像跟心里老师在谈话","理"字写错了;"学了这门课,给我的感触是精神世界的焕发,《思修》是精神的主观课",混乱的语言中我倒是猜到了他想表达的意思。

日新月异的现代社会仿佛已经不容我们在错字和错句子这一点点瑕疵上逗留了,"错了又不伤大雅""对了又能怎样"似乎成了定论。看样子往后这社会,谁要是再咬文嚼字,再跟错别字较真,那就是真的 out 了、真正的老土了。

非但如此,还大有变本加厉之势,暗暗滋生着一种把错误当"美学"、拿无知当个性的"时尚",这样一来,写对汉字的机会就越来越少了!

幸喜有电视台应时推出一档叫《汉字英雄》的栏目,立意非常准。然而看得久了,又难免一阵悲凉。我是想,拯救写字技艺,不能仅靠一两档电视节目。

我们早已从"写字的时代"进入了"选字的时代",大拇指轻轻一按,键盘轻轻一敲,犹如机器代替剪刀,剪纸如是,但剪纸的技艺已流失很久了。事实上,更加令人担忧的是,我们正在从"选字的时代"走向"诺聊的时代"。

有一天,当写汉字的能力成为非物质文化遗产的时候,我愿意像梁小斌在《中国,我的钥匙丢了》里所描述的那般模样:"满大街地找,满大街地找。我疯狂、失落、怅惘、焦虑……"

我逢了人就上前搭话:"谁能帮我写个汉字?"

不让浅阅读成为习惯

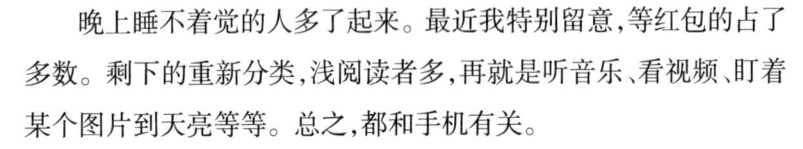

晚上睡不着觉的人多了起来。最近我特别留意,等红包的占了多数。剩下的重新分类,浅阅读者多,再就是听音乐、看视频、盯着某个图片到天亮等等。总之,都和手机有关。

我这里特别想说的是浅阅读。

闲来刷微信,偶尔也能遇着一段掐头去尾的好文字,但这样的机会其实并不多。我曾把朋友圈里有人转给我的链接做过一些分析,有求我别停下来继续转发的,有希望我能给投票的,有暗示我他是一个喜欢阅读且有内涵的,有让我一起加盟微商去卖什么"草本梵深海牡蛎"男性保健品的……反而真正希望我阅读其中的文字并在知识上有所增长的很少。

还有的,也不知是有意还是无意,知道我喜欢哲理短文,见着了就转来,有冠名"深度好文"的,有冠名"挥泪阅读"的。我打开一看,多半是色情照片。有的还是我的学生转发给我的,估计是事先没读,不知者无过。

今天,有不少人追求和享受的只是短暂的知道的快感,或者聊以自慰,借助浅阅读来迅速填充空乏已久的大脑,随之欣然告诉别人:经过我仔细考究,我发现西汉早于东汉。

浅薄,我们正在浅阅读的路上。

事实上,知道并不等于知识,我们正从知识分子堕向"知道分子",开始渐渐用知道代替知识。很可怕!这种堕落感随时会使我们失去知道的快感。

曾经有人批评我,说我的人格的堕落跟水土有关,现在,我还悟出我的智商堕落跟我的智能手机有关。

单靠手机阅读、靠浅阅读总不牢靠。还要有走进图书馆的时候,还要有借书还书的经历。还要有自己的原创,除了转发、粘贴、围观点赞之外。

寂寞了,可以捧一本好书静静阅读,可以选一块净地暂且休息,甚至于呆守一时的迷茫,总比虚浮更能感受到真实。

一次课间就有学生问我:"老师,为什么我们跑完早操回到宿舍后总要坐在床头发呆好一阵子?"我不禁哑然,这是迷茫。我亦如此,下课后总迟迟走在回办公室的路上,下班后又呆呆地坐在办公室不走。

尽管迷茫,但我们还要勇敢地去审视这迷茫。

清廉是一棵不朽的甘棠树

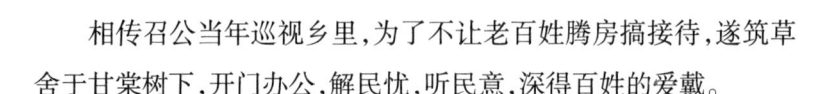

相传召公当年巡视乡里,为了不让老百姓腾房搞接待,遂筑草舍于甘棠树下,开门办公,解民忧,听民意,深得百姓的爱戴。

是时他官至太保,尚如此体贴民心,实在令人感动。他说:"不劳一身,而劳百姓,不是仁政。"他筑草舍的那棵甘棠树被老百姓保护了下来,一代接一代,一个世纪接一个世纪,过去两千多年,至今枝繁叶茂,见证着清廉的雨露。

后来我读到薛成兑的七绝《召伯甘棠》,更加对这棵独立傲霜的甘棠充满了向往和敬意。一棵甘棠树,虽那么简单,却胜过这世间所有的赞誉。

几千年过去了,其实中国老百姓拥戴清官的溢誉之情一直都这么朴素。老百姓愿意养清官,愿意守护他走过的每一寸土地和与他关联着的每一个事物,愿意编一首清官谣。苏东坡一生清廉,任杭州知州时曾疏浚西湖,后人怀念他的政绩,就将那南北长堤称为"苏堤",足见百姓对清官的情深义重。

是清官,不需要走秀场,自有老百姓为其代言;是清官,不需要

摆政绩,自有老百姓为其立功德碑。《清官谣》里的一句唱词最是惟妙惟肖:

> 天地之间有杆秤
> 那秤砣是老百姓
> 秤杆子挑江山咿呀咿而呦
> 你就是那定盘的星
> ……

  我不由得联想到今天,倘若巡视乡里,为官者能否像召公当年甘棠树下办公那样,前呼后拥的不再是摄像头、闪光灯和保安,不再是红地毯、繁忙复杂的会务和足够体面的排场。就那么简单,田间地头,一棵甘棠树下,蓝天白云,到处都是民间的味道……
  这样的感动必定令人心醉和神往!
  临尾,我想用小品《投其所好》里的最后一句台词来结束本文:别总想着领导喜欢什么,多想想老百姓需要什么吧!

笑着笑着又想哭

娱乐节目泛滥已经有好些年头了,这几年里,明星扎堆真人秀、抱群当评委、滚在一起撕名牌等现象实在不少。足够的刺激,足够的阵容,也足够的庸俗。

有时候在商场看见货架的棒球帽上全是"跑男撕名牌魔术贴",我就止不住一阵荒凉。想一想,偌大的中国,竟千篇一律地跟风,千篇一律地浮华,从娱乐节目到大街小巷、到商场,一个具有创新意识的国度看上去却越来越没有创意了。谁之责?

有人好心抚平我写杂文的心理,说:别钻牛角尖了吧,我还听人说,别说是撕名牌了,明星滚在一起,就是撕卫生纸也有人看!

是的,你不看自然有人看,你不喜欢自然有人喜欢。有人撰文《我们真的需要这么多娱乐节目吗?》,也有人撰文《"三俗"有什么不好吗?》。众说纷纭,谁也拿不下谁。在这机器推动镜头的时代,仿佛人工都是多余的,最好都不要说话,看市场咋转就咋转。赚钱嘛,哪家媒体能跟钱有仇?那些所谓的公益广告,不都是娱乐风暴过后的一点伪善的点缀。

一些操手们还会跟着辩解,说:"你说我这不是个好节目,那为什么又卖出了个好价钱?""什么是好节目,好节目就是有很多人看。"其实他们一直都在误读着中国社会的绝大部分观众,不是有人气、有人看的东西就一定是好东西。杀人放火也有很多人看呀!围观的,不一定就是走俏的;促销的,不一定就是真的;抹着眼泪的,不一定就是值得同情的。我总以为借助造假炒作以达到敛财目的的娱乐节目都是一种社会诈骗。娱乐节目要有基本的节操,要有底线和诚信。媒体要对演员负责,演员要对观众负责,观众要对自己负责。娱乐节目也不能过度娱乐化。

就拿喜剧类综艺节目说吧,近几个月可谓出尽了风头,各行各业的大咖跨界喜剧领域,使喜剧作品空前繁荣。但同时暴露出问题:低俗的段子接连不断,经典的包袱基本没有;抄袭、雷同、语言撞车接连不断,经典的原创基本没有。好像喜剧容易使人快速出名一样,所以人挤人地都在赶时间、赶剧本、赶节目、赶场次。甚至于熬夜,不惜性命相拼,急躁地拿出半个剧本来就敢往舞台上搬。怎么说这都不像是一个艺术家的艺术态度。想一想,没有沉淀,哪有深度?没有生活,哪有温度?喜剧类综艺节目扎堆不是一件好事。娱乐节目扎堆也不是一件好事。

如今这事真是让人难琢磨!不知是真是假,我们竟被三番五次地逗笑了,笑着笑着又想哭。

被老树的画刺痛

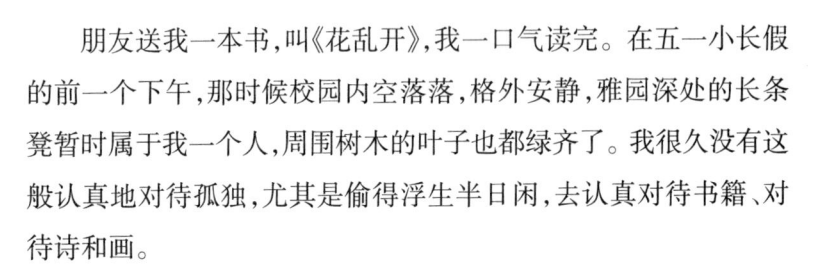

朋友送我一本书,叫《花乱开》,我一口气读完。在五一小长假的前一个下午,那时候校园内空落落,格外安静,雅园深处的长条凳暂时属于我一个人,周围树木的叶子也都绿齐了。我很久没有这般认真地对待孤独,尤其是偷得浮生半日闲,去认真对待书籍、对待诗和画。

这首先对我是一个讽刺。一个读书人,却很久不读书了。为了读书,还要专门择一处园子,择一处光线适宜的地方,择一处看上去很优雅的景致。或者再给自己事先沏好一杯茶提在手上,把书夹在腋下,在往园子的路上遇到熟人,告诉他"我要去读书"。

谁知道几千年过去了,到如今,"去读书"比读书还要费劲。我现在正在接受这来自内心深处的冷嘲热讽。要不是为了给我这篇小文开头,也许我会错过这一次的反思和批判。

的确,我们揣摩精神世界的机会将越来越少,我很怕我的论断……

回到正题,我捧着的《花乱开》的作者是老树,这是一本格外新鲜的画集。说新鲜有两个原因：一是老树的许多幅画里总有一个穿着长衫的民国先生，却在做现代人的事；二是老树对当下人的普遍生活心理理解得那么细致、那么透。看着看着，我就看到了自己；看着看着，我就被老树的画刺痛。

老树画一民国先生拉着红色皮箱往山林里匆匆走，旁边配一首小诗，说："人世忒不清净，名利惹人心烦，何时收拾行李，独自遁入秋山。"老树又画一民国先生坐在桌前郁闷地喝白开水，也配一首小诗，说："喝了一杯白开水，又喝一杯白开水；又喝一杯白开水，又喝半杯白开水。"老树还画一青年在河边捡起石头打水漂，配一首小诗，说："拣起一块石头，打了一个水漂。为何忽然这样，自己也不知道"……

这就是老树的画：乍一看，很怪；再一看，不对；仔细一看，又想让人流泪。看似闲来信手涂鸦，却总关乎世道人心。

老树用心观察着现代人的生活，观察着当下社会人们诸多的困惑、迷茫、焦躁不安和虚浮空寂，他把这些用绘画呈现了出来。虽然他屡次说，"画画这档子事就是一个好玩儿"，但他的画却能使众多读者从中读到自己。曾经多少次，在自己的照相机前，我们摆弄各种姿势，我们装作闻花亲草，装作心存友爱，装作对大自然十分热切，我们无限制、无底线地剪裁出我们自己的美好，进一步美化着我们的光环，但在艺术家的画纸前不一定这样。画纸有其高贵的沉默。那一刻，或许我们正在十字路口哭泣、喝醉、不知归处，没有人提醒我们补妆、擦干眼泪，画纸却真实地记录了这一切。优秀的画家也在高贵地沉默着，他并不是不担当，他只是把干预世界的能力交给了更多的读者。

我是被老树的画的真实刺痛了，仿佛看见自己在勉强地活着。

看上去很忙,却不知道该不该忙;看上去很闲,却不知道该不该闲。郁闷了就使劲喝水,喝了一杯白开水,又喝一杯白开水;又喝一杯白开水,又喝半杯白开水。在没有精神性的引领和理想信念的支撑下,我们浮躁了,营营役役地活着。老树用一首《忆江南·周一上班》警醒我们:

  周一烦　勉强去上班　见的都是老面孔　一堆破事干不完一刻不得闲
  周一烦　看谁都混蛋　周围同事忙争宠　几次提拔都没咱三年没涨钱
  周一烦　加班到很晚　领导带人去K歌　咱在单位吃盒饭回家坐错站

  老树说让他最难忘的是20世纪80年代,那是理想主义的时代。那时没有商业化,没有消费主义的污染,那时更多关注精神层面的话题,因为那时社会没给人堕落的条件……
  合上书本,走出园子,灿灿日光在向我挥手,是否要告诉我:一切都等待着更久的考验?

哲学·烟酒·闲话(二)

1

几杯酒下肚后微微有些醉意,我便端着剩下的一杯酒坐到电脑前,打开 word,又不知道写些什么。

傍晚离开学校的时候,走到校门口,借着灯光,我看见一位家长正往孩子兜里塞一百块钱,孩子百般推托,家长硬是将那钱塞进了对方的口袋,而后匆匆离开。我不禁潸然泪下,想起了我读书的那会儿也是这样的,就在山城中学门口的路灯下,我的父亲,或者我的母亲,他们总是风尘仆仆地赶来、风尘仆仆地回去。他们舍不得买一个馒头来充饥,只给自己留够回去的路费。我想念那一次次远去的背影,衣着褴褛,和驶向故乡的班车带走的灰尘……

而现在,我却要温一壶时光和着酒一口饮下,在这迎春花尚未开放仍有一丝微寒的夜幕里。那些日子真的再也回不去了。我潸然泪下。

2

去培训楼讲课的时候碰到银川监狱的韩老师,他问我:"智远,还坚持写作着吗?"我说:"还坚持着呢。"

话音一落,我又忍不住想掉眼泪。距离上次一别已一年之久。一年来,多少个夜晚,其实我都是用酒代替了写作。我因此吐过几回,每一次清醒过来,我还说这不是我的本意。

可是我喜欢醉意朦胧的感觉,轻飘飘的,就像这个世界是一片空白。也像现在,我是那么清楚地感觉到自己的思想还活着。我很感动。

喝酒也有好处,就是能帮助我不断安慰自己:一切都将归于平淡、美好和善良。这和写作的目的几乎是一样的。只可惜这种体验往往很短暂,所以醉意之余,我还坚持写作。

我的学生给了我莫大的鼓励,他们还没到看我笑话的年龄,他们总以为我的生活永远都充满诗意,我祈愿这份单纯能够保留得更久些。

醉了,倘若我不能执笔,但我还愿意躺下来细细品读他们给我的一切留言。其中有一条就这么说:"晚自习写笔记时,忽然发现几句话写得很好,想分享给我敬爱的老师,不知老师可喜欢?'累了,让心吹吹风;伤了,让梦醒一醒;痛了,让脚步停停。在孤独的时候,给自己安慰;在寂寞的时候,给自己温暖……'"

我说:谢谢!

也说"猴王"上不了猴年春晚

不看春晚也有好几年了,倒不是因为赵本山的缺席。主要是回乡的次数越来越少,逗留的时间越来越短,我希望节余出更多时间来享受与亲人们在一起的快乐。有时候将目光定格在某一位长辈的皱纹深处,或者去打量故土久违的夜色。总之,再没有被春晚打动过了。

年复一年,春晚也未见得高雅起来。这使我失望,使我越来越怀旧。我怀念儿时围在炕头前守着黑白电视机等春晚的情形,那时候父辈们还没有能力发压岁钱,那时候的舞台也并不华丽。不知道怎么了,现代艺术却非要借助灯光的效果,魔术不再是表演,仅是表现。随之而来的是假唱、幻境、高科技……我们不能不觉察到:我们的艺术能力在逐渐消失。艺术当中,那个作为主体的"我"已经不在了,谁都可以成为艺术家,谁都敢上春晚,谁都能上春晚,只要有背景和背景音乐,有够大气、够高端、够能掩饰瑕疵的舞台。

闲来搜出猴年的春晚节目单看,恰好印证了这一点。满舞台的当红影星歌星,满世界的包装与偶像狂潮,现如今,春晚真的是浮躁了!

我这才算是引出此刻要说的话题——关于"猴王"六小龄童上不了猴年春晚的事情。很遗憾,春晚已经不再需要怀旧的主旋律了。然而我总以为有些东西是需要我们这个时代的人来共同回忆的,不单单就"猴王"上不了猴年春晚一事论事。其实中国人有集体怀旧的传统,这种传统是好事,我们应该保留。比如借助春晚,在几亿人瞩目的时刻来凝聚一种共同情感,现在的中国需要这个。我记得作家冯骥才几年前说过一席话:"虽然过年,我们是辞旧迎新,但我们享受到的更多的情感却是怀旧。春节里有一种特定的情感就是怀旧。可以说,春节是个怀旧的节日。"我想,作为旧年最后一夜的春晚也应有这一特定的意义。

我之所以反复强调怀旧,是因为有了怀旧,才可能有守望;有守望,才可能有传承的力量。想一想,一个前进的民族怎能没有集体回头看的那么一瞬?可惜的是,铺天盖地的历史剧却并不能够表达真实的中国,中国人最大的代沟不是隔代,而是一个时代整齐划一地和自己的历史的代沟。

我绝非小题大做,其实"猴王"上不了猴年春晚只是个小事,我只是由此想到一个时代的精神元素。靠一台高质量的晚会也并不会拯救什么,也许有人还要反问:那马年就要拉匹马上去,猪年就要赶头猪上去?

发完牢骚了,人也就想开了。其实经典在哪里都应该有它的舞台。

你觉得有意思吗？

打开电视机，不小心又看到一档选秀节目。那场面已经到了最佳状态，选手哭、评委哭、观众哭、主持人哭……背景音乐也挺好。

然而我却不由得想起汪峰的一首歌，叫《有意思吗》。歌词大概说：这就是你寻找的生活，你觉得有意思吗……这就是你热爱的生活，你觉得有意思吗……有意思吗……

是的，没意思！

没意思，选秀节目已经进入了程式化的催泪攻势，不断地让身患残疾、绝症，或者性情古怪、血性奔放的人有尽可能多的出场机会，去极尽可能地搅动每一个听众的情感世界。无论是台前、幕后，还是电视机前的我们，也跟着陷入虚情假意，一起矫揉造作，陪上奉承生活的眼泪。

在今天，无论如何我们都得承认：娱乐的成本高了，但泪点低了。

这已经是一个特别能装的时代，装腔作势、装模作样、装神弄鬼、装聋作哑……

几乎每一个清早起床都能收到这样的微信：请大家帮帮忙，不要停下来，再为××投一票，马上最后一天了……

什么最美自拍、最佳风采、最萌宝贝，包装人、包装粮食、包装狗的都有。其实我们已经麻木了"我是××，是第×号，正在参加某项活动，有图有真相，请大家一定要支持"这样的表述。我们已经开始从使用微信的快乐走向了无奈，我们被逼着摁下手指的次数太多了。

有意思吗？没意思。我们成天陪哭陪笑，接了白活接红活。哭得不坦诚，笑得也不自在……

实在无趣的时候，就想着法子听音乐。我给自己买了一个好音响，把音响声音调得很大很大，让一首首经典老歌掩盖周围的喧嚣。

我还喜欢农村题材的电视剧，就像昨晚上看的《收获的季节》，有一段哭唱的镜头很感人。演员程野拿出看家本领，唱了《哭七关》和《妈妈明天就要走》。我在想，同样是假哭，为什么有职业精神和没有职业精神的差距这么大？

既然选秀节目指定要走催泪的路，那么就应该向东北黑土地上的白活专用小调学习。

法师们的畅销书

去新华书店找几本哲学书来读，到书架前一看，法师们的畅销书就占了一半。我罗列出几本来。先是达照法师的《退一步并不难》，封面推荐语：达照法师给你安忍当下的力量；一切成就得于忍；当今讲"忍辱"智慧最好的著作。接着是学诚法师的《信仰与对话》，封面推荐语：用佛法的力量启发内心的觉性，开创幸福、喜乐、自在的人生。再接着是索达吉堪布法师的《没什么放不下》（还有个姊妹篇叫《有什么舍不得》），封面推荐语：他们的烦恼与疑惑，或许是你正在经历，或者将会经历的。我从哪里来，会到哪里去？活着，到底是为了什么？再接着是永固法师的《安心》，封面推荐语：放下烦恼，遇见最自在的自己。一本值得世间所有女人等待的书……

那星云大师的畅销书就更不用多说了。

凡此种种，不无透露着一个令人伤感的信息：现代人越来越焦虑，越来越浮躁，越来越不安，越来越患得患失，越来越需要宽心！男人需要宽心，女人需要宽心，似男非男、似女非女、忽男忽女的更需要宽心。总之，帮人宽心绝对是个很好的商机，在今天，就像药店瞅准了人们越来越需要养生保健的商机一样,所以才有了诸多法师们的畅销书。再换个角度看,处在一个哲学家相对匮乏的时代,我们还真应去感谢这样一批有担当的法师,是他们一次次拨开心灵雾霾,用智慧启迪着我们的人生。如果这一切没有被事先浸入炒作的话,这一定是令人感动的。

的确,我们太慌乱了!

好端端的一个人戒了毒又去吸毒;好端端的一个人才颁奖回来,奖杯尚未暖热就被立案调查;好端端的一个人,整容不够刺激还要变性。纯洁的朋友圈子变成了圈套。转瞬间,仿佛只留下几部青春系列的电影,让我们在草草应付完工作、哄孩子睡着以后匆匆跑进电影院,用眼泪悄悄祭奠我们逝去的日子。

对于我们,心安理得的时候实在太少太少!

显然,我们需要通过阅读或者远行来宽心,需要放下一些东西,需要找回自己的本心。

就在法师们的畅销书的不远处,我还看到《聪明人·鬼点子:抓住更多商机》《钱道》《易经中的财富智慧》等书籍,我真希望它们能离哲学书架远点、再远点。我希望书籍不要太混淆,就像我们的人生不能太朦胧一样。

蒙克的《呐喊》

蒙克一生中画过最恐怖的画就是《呐喊》了,第一次看到的时候我就被镇住了。

一个鬼一样的人顺着马路的栏杆从远处走到近前,放声尖叫……他(她)面部扭曲,双手捂着耳朵,瞪大了眼睛,像是受着了惊吓,极度地忧虑和恐惧。

时间临近傍晚,路上还有两个行人朝相反的方向走向天幕深处,远处是教堂、湖泊、田野和山峦。

蒙克给这幅画取名——《呐喊》,谈起创作缘由,他说:"我又累又病,停步朝峡湾那一边眺望,太阳正落山,云被染得红红的,像血一样。我感到一声刺耳的尖叫穿过天地间,我仿佛可以听到这一尖叫的声音。"

我一直试着去理解:蒙克要从中传达出的究竟是什么?

假如这不是一个人,而是一个失落的鬼,或者是一个灵魂,一个被抛弃了的灵魂在孤独地行走,没有归宿和尽头,有的只是无助、恐惧和尖叫,我们可以想象这世界的精神是如何的混乱!

事实是，生活在新时代的我们，也在这样一次次地推开并抛弃着我们的灵魂。我们往往置它于荒野之中而不顾，令其恐惧地尖叫。我们的灵魂被吓着了！

透过画面，我仿佛还能看见一个痛苦孤单的鬼在一次次躲闪人群，躲闪它再也把握不透的世界。

看来灵魂、鬼，都不足以吓人，足以吓鬼的是人。

蒙克所营造的恐怖其实更在画面之外，他是想通过《呐喊》来唤起伫立于画面之前的我们的思考。人，不应当抛弃理性，要努力去关注生命在其精神上发生的痛苦，通过对痛苦的强烈感知来进一步理解深层次的人生，理解生与死、肉与灵，直到他找到安全感与归属感。蒙克曾写道："我们将不再画那些在室内读报的男人和织毛线的女人。我们应该画那些活着的人，他们呼吸、有感觉、遭受痛苦，并且相爱。"

是的，绘画的使命就是寻找这世界的爱。

宽容也是一种善良

"罗一笑事件"因为罗一笑的去世而不再那么发酵了。在中国的舆论场上,似乎从来这样,相关的也好,不相关的也好,都会很快站队。最后是一边倒,得理者不饶人,仿佛代表了这世界上最激动人心的真理,非要将"邪恶"赶尽杀绝,不以悲剧收场誓不罢休。

这是江湖恶习,也是中国人的劣根性。

现在沉下心来仔细想一想:为什么我们善良地出发,走着走着,就走成了一股恶势力?究竟是我们的善良容易被挫伤,还是我们需要通过获得感和认同感来证明我们是善良的?或者,我们是否会因为表现出善良而得意,以至于从此变得盛气凌人?其实善良本是温暖的,但在"罗一笑事件"中却冰冷了许多。因为当我们竭尽全力在解释善良的时候,并没有注意到在古老的中国智慧里善良同时还包含了宽容。

罗一笑走了,相信对罗一笑是否真的得了白血病的质疑没有了吧?或许有人还会去深究她家有几套房子,还会吵吵嚷嚷、喧喧闹闹一段时间,但这已经不会再打扰到一个五岁孩子的清净了。她的去世至少为她的父亲证明了一点,她的病是真的;她的去世还会为她的父亲减少一些外界压力,假如人们能够站在一位失去女儿的平凡的父亲的立场上的话;她的遗体和器官同时被捐了出去,不知可否抚平一些愤怒和抱怨?

我们真的没必要过于计较,应当持以宽容的态度。君子周急不继富,但可以济病济困,给予罗尔以莫大的支持和帮助其实就是为了给予罗一笑一个站起来的机会,我们真不该使其转为一场舆论暴力。无论如何,那篇题为《罗一笑,你给我站住》的文章是善良无罪的。

演讲一定要接地气

给学生的演讲比赛当评委,席间一阵空寂。主题倒挺好,叫"理想信念在心中",可是假大空的演讲稿占多数。表现主要有两类:一类是从1840年背起,声情并茂,一口气背到改革开放,内容空泛乏味,走马观花。唯一的写实是举了几个例子,但不外乎董存瑞、邱少云和黄继光。另一类就全是说教式的语言了,云里雾里,天马行空。

我们不得不承认:抄袭、复制和粘贴使我们逐渐在丧失着写作能力、思考能力、交际能力和语言能力。我们会因此越来越不接地气,至少,我们接到的不是自己的地气。

而演讲,最需要的就是接地气,就是要有自己的主张和见解,要有生活的气息。

想一想,人在旅途中,又哪能不接地气。好高骛远只是暂时的,惺惺作态也是暂时的,人生多半都还是要面对真实具体的生活,面对欢乐,同时面对痛苦。就像裤裆里飞进去了一只蚊子,再高雅的人,也得想办法把它赶出去。除非你忍着,或是正襟危坐,通过变换各种姿势来把它捂死在里面。这就是人生,嬉笑怒骂掺杂,抑或阳光,抑或狗血。

生活多接一接地气,演讲就能跟着接地气。近年来,大家都觉得高校毕业典礼上的校长讲话越来越走心、越来越接地气。这也从侧面反映了我们的高等教育开始越来越接地气。从曾经一味地关心校园扩建、关心大学排名,转变到现在的关心人、关心教育的本质,这是校长讲话走心的真正原因。我读到太原工业学院吴俊清院长的毕业演讲《我比想象中爱你们》时,为之一阵感动。他在演讲中说了很多贴心的话,他的《我比想象中爱你们》被网友称为"史上最接地气大学毕业典礼致辞"。与之对应的,实际工作中,吴俊清院长同样做到了接地气。他经常进宿舍进班级,也经常会有学生到他的办公室聊天。他说只要想了解学生,就肯定有很多的办法,也只有了解了学生,自己才知道工作该怎么做。

无怪乎到了毕业季,有这么一条写着"俊清哥!我们毕业了!母校再见!"的横幅出现在了校园的一栋宿舍楼上,就不足为奇了。

这给做教师的我们是一个很好的启示。演讲要接地气,讲课也要接地气。接地气,就需要我们倾注心血于学生,倾注心血于教育,倾注心血于生活。

"权力瘾"要不得

这个话题要从一则新闻说起,新闻说"幼儿园孩子要求举牌庆祝园长女儿高考630分"。其实类似的事发生过,比如学生穿戴整齐冒着寒风夹道欢迎各级领导,比如被组织为"学生喜爱的校长"刷票。三年前我写过一篇题为《难道仅仅是"考虑不周"?》的文章,说的是"千名小学生冒雨表演,领导主席台上观看"一事。只是这次事件更加引人关注。究其原因主要有两个:一是中央八项规定出台以来,此类事件本应杜绝,当属罕事;二是这次受愚弄的群体年龄小,是幼儿园孩子。由此,我们不得不呼吁、不得不反思、不得不重申权力瘾的危害。

很显然,权力瘾是为官从政的一种极端。就像吸食鸦片,一旦上了瘾,就很难戒掉。但不乏有人乐此不疲,借着权力耍个性,大秀权力,处心积虑以至于无奇不有。不好好地说话,打官腔;不好好地走路,迈官步;摆出一副高高在上的样子,让人唯命是从以使自己获得虚荣心上的满足。这是要不得的。

我们都知道,权力瘾最容易滋生官僚主义和形式主义,用权不正就不会有好的风气。像"幼儿园孩子要求举牌庆祝园长女儿高考630分"一事,当权者犯了权力瘾,摇旗呐喊者即一呼百应,大搞形式主义。这期间,免不了出一些闹剧。

事实是,这些令人啼笑皆非的事例还不少。我就曾读到一则故事,说:一位退休老领导,因为没人找他签字盖章,便与保姆立下规矩,每次保姆买菜回来的菜单都要拿来给他签字。我读到的这则故事是《人民日报》一篇评论文章的引子,作者还一再强调此故事是真实的。他随之评论道:"这样的自欺欺人,只为求得一种心理上的平衡,因为没有了权力带来的获得感,便若有所失。"

是的,用权成瘾其实是一种病。这和新闻上报道的"变态男偷内衣成瘾"属于一种类型,都是由新鲜、好奇、刺激、空虚等因素引起的。唯一的区别就是权力瘾看上去似乎更"体面"一些。

为官确要有一个良好的心态,不应该嗜权成疾、犯了官瘾。非但如此,还应该将低调作为一种非常高贵的品质。低调坚守,才能成就伟大。

这不是映秀

从映秀回来，我一直想写点什么，每每提起笔，就伴随一阵隐隐的难过。这难过又不十分直接，总觉心里涩涩的，带着一丝怅惋。走在小镇街道上的时候，同行的周老师还反复问我："怎么感觉怪怪的，和我想象中的映秀完全不一样！"当然，我明白他的所指，他是希望能从这片特殊的土地上，读出一种力量来。比如人们开始豁朗面对人生，超然物质之上，去选择做一个胸怀大爱的人。再比如，有一种熟悉、亲切和清澈的情感，在摄取我们的灵魂，使我们驻足并教会我们感恩。想象中的新映秀，应当像一座爱的长城，人们友善、健康、幸福地生活在这里，向世界表达着它的坚强。

然而，眼前的映秀却不是这样。过度的商业化，给这里带来了一场人为的灾难。这不是映秀。

时隔几年以后，人们已经从阴影中走出来，却又不知从什么时候开始，卷入了一种复杂的喧嚣。有人为争夺客源而相互猜忌；善良的羌族姑娘硬生生地扮成了导游；还有人在通往公墓的半道上拦人的去路，高价钱兜售手中一束束白花……这一切，和那幅挂在小镇街口的广告牌分不开。牌子上分明写着:汶川特别旅游区,天地映秀旅游简介。下书三个小标题:"游在映秀""购在映秀""娱在映秀"。也不知从什么时候开始,映秀成了国家4A级旅游景点。我对"旅游景点"四个字尤其反感。想一想,偌大的祖国,不失所谓的"旅游景点",又何须拿灾难去做文章,搭建出一个兜售灾难和欣赏灾难的平台?这又是谁的"智慧"?我想,外界和映秀的沟通,首先应当建立在信任和信心上。

  提起笔来,这一阵隐隐的难过,还真不知道要说给谁听。仿佛连文字都成了一种徒劳,也未曾说个明白。只是我觉得,今天的映秀不应当是这样的。它的确很美,但它的美是内在的。它美在浴火重生,就像"映秀"这个名字一样,传播着一种信念。

也议中国人的德行

几日前回村,听到一些趣闻。贯穿县镇的那条主干道要加宽,动用了很多人力财力物力来修路,说是我们村也有不少人跟着一起干活挣钱。起初还算守规矩,该挖的挖,该填的填。也不知是哪一天,有人在路边的土墙埂上刨出来了一罐银子,抱着就跑。也是从那天起,公路上干活的人都不能安分了。人们早出晚归地挖银子,横过公路,朝着路边的碾麦场、坟地、旧窑洞挖,沿路豁出一个又一个大口子。据说有人还专门花钱雇了公路段上的两台大铲车,一直挖到了别人家的院墙下。

后来有没有再挖出银子来,也不得而知。我一直没敢过问此事的究竟,怕问得多了,有人还以为我家的老院子里也埋着银子,雇了铲车再挖到我家的炕头上。中国人对名利、金钱的激情一旦被调动起来,一时间是很难控制住的,这的确是国民的劣根性。

最近看电视剧《花千骨》,我又更加肯定这个道理。包括很多部古装武侠电视剧,你看那些所谓的名门正派,平日里正襟危坐,满口仁义道德,一张小小藏宝图,却能很快检验出一个门派的定力和质量。有得了好处卖乖的、有拾人牙慧叛变的、有蜂拥而上烧杀抢掠的……所谓的名门正派，一夜之间误入了魔道。原来人道、魔道，只一罐银子的事。

我曾读过一篇名为《名门正派与魔教》的博文，写得比较有意思。文章说："六大门派围攻光明顶，更是莫名其妙。好歹人家明教是抗元的。六大门派说起来痛恨自己受异族统治，看着老百姓深受蒙古人欺负，却不晓得联合起来反元，却联合起来灭明教，孰轻孰重，六大门派中许多高人，竟不明白？"结尾处还总结道："唉，实在是没办法。人人心中有魔啊！"语言虽然随意了一些，但其间又不无道理。

利欲熏心、蜂拥而上，不只是武侠剧塑造的情形，在现实世界中依然有深厚的土壤。或许是因为中国人口众多的原因，这种蜂拥的场面看起来还要显得多一些、大一些，辐射范围广一些。譬如：货车遇事故；冬瓜遭哄抢；因抢代金券发生踩踏，至五十三人死亡……

诚然，中国有优良的道德传统。但我并不就此赘述。我急切关注我深爱的祖国的每一块伤疤，其实就是希望看到它能好得更快一些。就在昨天晚上的时候，我还看到，学生在我的QQ空间里的一条留言，说：老师，怎么不再写东西了？

写，要写的。我一直在观察、阅读和思考，我想我不能只写好的故事。亚瑟·亨·史密斯在《中国人的德行》一书中写道："对于中国人所具有的并且表现出来的一切好的品性，我们没有任何正当的理由不予以赞美。同样，会有一种先入之见的危险，夸大其词地去夸奖中国人的道德实践，这种夸奖无异于一味贬低。"

这也是我行文的立意。

不放弃文明的努力

晚上看电视,跳出来几则《新大头儿子》公益动画,讲的是文明、和谐、友善等概念。我看着看着,不禁一阵感慨。

一晃许多年过去了,公益广告与日俱增,播了已不计其数,但人心的力量却并未因此得到多少提升。尤其是当手机替代阅读、游戏替代社交、娱乐替代生活的时候,人们就连一丁点关注灵魂的时间都没有了,更何谈一则公益广告留给世界的触动!

然而令人感动的是:我们这个时代,我们的主流媒体,我们的教育,依然在做着这件事,依然不放弃文明的努力。

今天,从公益广告动画化到国学知识游戏化,我还读出了悲壮,一种前所未有的悲壮。我很难理解游戏和动画为什么会成为今天的我们走近人性、走近传统、走近国学、走向心灵的唯一通道。当一个时代在走向娱乐化的时候,或许人们所需要的知识就是游戏本身,而不是游戏所延伸出的其他更多的内容。

这让我想起几天前参加的一次培训。某研究机构花大力气,用了五年时间开发出了一套学习软件,由十多个游戏环节组成。游戏中设了种种关卡,破关内容为传统文化、国学知识、礼仪知识、文明用语等等。开发商希望高校思政课教师能在第二课堂上运用此软件教学,通过玩游戏的方式来引领学生走向知识的殿堂,激发学生学习兴趣。想法很不错,但也很庸俗。一是游戏兴趣并不等同于国学热情。以游戏为诱饵,钓到的可能是游戏的胃口。二是闯关游戏是否真能表达出中国传统文化的魅力?要知道,中国文化的深切命题往往不在某一个固定的答案,而在生命过程的感悟中。比如:活着,还是死去?怎样活着,又怎样死去?它需要我们除了阅读文字以外,还要归依生活。

真希望在没有游戏、没有动画的情形下,文明的传播还能一样有意义地进行。也希望那些千百年来流传下来的经典,能不被商业化、丑化、庸俗化。

近来听闻:有家长反映儿童图书涉黄涉暴、成人化。还说李白的名作被改成打油诗供少年儿童玩赏,说什么"日照香炉生紫烟,李白进了烤鸭店,口水流了三千尺,一摸兜里没有钱"。

我唏嘘!

等我们老了，会有信仰吗？

早晨起床，对面楼上传来一阵急促的敲木鱼声，这声音已经持续了几个月。我猜想可能是一位虔诚的老婆婆。果不其然，后来有一天母亲告诉我，说对面楼上有位婆婆信佛教。

人一老，就开始看淡很多事情，权力、金钱、功名，一切破坏内心和谐的因素就像毒瘤一样从身体中一个个拔出，尔后，就只专心做灵魂的功课。我敬重这样的人生，以及这些对生命的安顿和充实。

然而同时觉得措手不及，就像老婆婆急促的木鱼声。倘若这一生丢失得实在太多，为时又很晚了，连补充都将是一种徒劳。一如一个迷途的人，前半生走错的路，就算用完后半生，也不一定能返回来。每每想到此的时候我就要问自己：我该靠什么信仰来生活，使我一生不后悔？

我常常梦见自己死在了路上。等到第二天醒来，就要比前一天倍加爱惜自己的青春。我也常常胡思乱想，多少年后，我已不在这个世上，这个世上还有什么使我悲情伤感？那一刹那，我觉得我不能没有信仰。

我断然不能将物质的丰裕作为毕生的追求,这样的人生其实并不丰裕。我喜欢的是田园,不是妄想或借此刻意抬高自己,而是来自灵魂深处的喜欢。我见到炊烟就亲切,还喜欢闻拱窑里的那一股霉味。无数次,我给自己设想的远行是一处小镇。在陌生的乡间小道上,夏天的黄昏,自行车和拖拉机都有。人们拿出小藤椅来坐在自家门前,偶尔瞧瞧我,远处还有一抹夕阳……我喜欢孤独的那一刻,纯粹的生活与裸露思想的我来照面。我信仰诗意。

有人说:"手机和平板电脑是'茶壶在21世纪的替代物'。"事实又何止如此!手机还替代了我们看世界的窗口——眼睛,替代了我们郑重的道别,替代了我们远行的诗意。

趁着青春,我们还要以许多意义来充盈我们的生活,除了挥霍和享乐。我们往往会被生命的细节打动,仁爱,使我们流下一行深情的泪水。这是精神世界再真实不过的归依。

竹林七贤里的阮籍就曾跑到素不相识的人家去,对着一位素不相识的死去的姑娘哭得惊天动地。他是真正做到了至情至性,做到了对生命至极的信仰。

也说《杂文报》停刊

一份办了三十一年的报纸停刊了,难免一阵感慨。而且这份报纸又的确特殊。

我是 2008 年在湘潭大学读研究生的时候初识《杂文报》,在图书馆报刊阅览室的铁架栏上,一月来的报纸都被装订得很整齐。我通常是利用周末的晚自习时间来阅读,不忍心错过每一篇杂文。那时候我的导师启良教授正为哲学系的研究生讲授《中西文化比较》,他时常说:"在中国,没有'宗教'这一层保护膜,中国的老百姓一旦灵魂受苦,中国的知识分子就更要站出来,勇敢担当,使学问关乎世道人心。"他还说:"大凡真正的思想家和政治家,即便身在方外,都或多或少地带有宗教情怀,都具有常人很少具有的不忍之心。"他的课堂活泼,语言诙谐,旁听生不少。大家随意散坐在草坪上。他的理论总是关切实际,关乎着时代和民族的命运。

三年来,导师并没有给我开书单,没有叫我去办公室汇报或讨论问题,也没有督促我撰写大量的学术论文,但他身上的那种气节、那种悲天悯人的情怀、那种博大的胸襟却使我一生难忘。

2009年3月,我的第一篇杂文《走出"观念时代"》在《杂文报》发表;5月,《符咒人生》一文发表;6月,《无知的力量》一文发表,后被《杂文选刊》转载。往后,《杂文报》就成了我输出"声音"的一个重要平台。《杂文报》的办刊宗旨是:革故鼎新,激浊扬清。杂文写作就一定不能忘记弘扬真善美、鞭挞假恶丑。我想,只要时代不停止前行,历史的动物——人,一直存在,杂文就有存在的必要。这就是杂文,伴随人类文明一同前行的一种诊断性文字。

可惜《杂文报》的读者已经消散了,杂文正遭遇着冷落。回过头来仔细又一想,遭遇冷落的又何止是杂文?

作家王安忆有一次预测:这个时代,文学要受冷落,而且受冷落的时间不会短。半年前,《黑龙江日报》刊发过一篇报道,题目叫《名著被冷落 网络小说得宠》。现在看来担心的已经不是名著被冷落了,而是几年以后,人们还会不会读到报纸,会不会再读到《名著被冷落 网络小说得宠》这样的题目。还有艺术、自然和乡村,还有友谊和古老的真理……

我想象着未来许多年以后,当刷屏占据了我们阅读纸质文字的一切时间的时候,当休闲、娱乐和造假占据了我们全部人生的时候,会不会有这么一本本电子书会很畅销,题目叫《国画:你不知道的中国艺术》《月亮:你不知道的自然景观》《汉字:你不知道的中国书写》……区区一份《杂文报》的停刊,在这时光的洪流里又何足挂齿!

有人撰文说"《杂文报》停刊,是时代的悲哀"。事实是并没有产生什么涟漪。你看今天,低俗的继续低俗,吸毒的继续吸毒,谁还会挤出人群傻傻地去过问:今天的报纸究竟印了没有?

当堕落开始变得井然有序的时候,杂文的消失,就成了一篇最显现的杂文。

摔倒，使我想到……

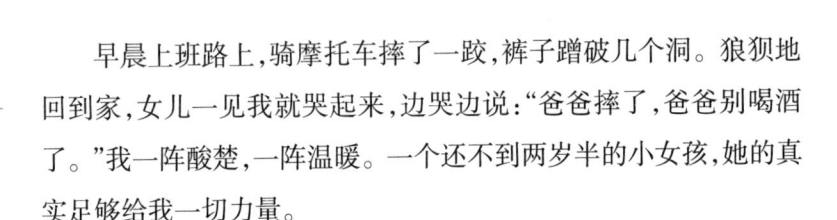

早晨上班路上，骑摩托车摔了一跤，裤子蹭破几个洞。狼狈地回到家，女儿一见我就哭起来，边哭边说："爸爸摔了，爸爸别喝酒了。"我一阵酸楚，一阵温暖。一个还不到两岁半的小女孩，她的真实足够给我一切力量。

生活在这个不算繁华的城市，接触到的东西已经不少了，但真实却不多。有人倒在路上，就会有人围观。有人指指点点，有人通过指挥别人来彰显"爱心"，有人会第一时间给自己的男朋友拨通电话。

"哇，你知道吗，刚才一个人被撞了，吓死我了。他从空中飞起来，差点砸到我。"

"你没事吧？这么倒霉！"

"我没事，呵呵。"

"中午请你吃饭。"

"等你。"

曾经有人说："一个人，在从坟地回来的路上，往往沉默得像个哲学家,现在看来连死亡也不会引起多大关注。诱惑多了,兴趣广泛了,兴奋点极致了,人们对死亡的恐惧感也就减少了。我想,这不是因为超然的境界,而是人情上的冷漠。似乎不关乎个人利益的事都不是好事,不能引起感官刺激的新闻都不是好新闻。"

有人互通电话。

"看新闻了吗?又地震了。"

"几级呀,死人了没?"

"没有,六级。"

"没有你告诉我干嘛,无聊!"

"呵呵,逗你玩呢。"

……

迟到了,我换好裤子打车冲到学校。刚进教室,就有学生看出我气色不对,问了缘由,说了句:"老师,以后骑车小心点。"

我说:"嗯。"

上课,没人玩手机

课前见学生主动将手机掏出来,放入讲台一侧挂在墙上的公共存放袋,不禁一阵感动。

几十个小袋子并排竖着,都标了名字。排在最前面的更感人,标着"老师"两个字。我也主动掏出手机,顺手放了进去。无机一身轻,整个课堂的人情味却浓了起来。很久了,我们没有被正眼瞧过;很久了,我们扫遍教室的目光不知该落在何方。有一次,或者有很多次,就会有那么一名同学微微抬起头,一张年轻的面孔傻傻地对着你。他(她)目光有神,充满热情和信任,但却在你不忍心移开视线的空当,只调整了一下玩手机的姿势。那情形,伤害到的不只是眼睛、青春,还有课堂。

一次午饭后散步,见一堆学生挤在会议室门口,以为出了啥事,后来一打听,说是在蹭网。我不禁哑然。校园越来越美,祖国山河壮丽,但我们的去处为什么越来越少?有时候,我们拼命地往一块儿挤,却挤不出温暖,挤出的只是猜忌和陌生。

读到过一句话:"与有肝胆人饭醉,于无 Wi-Fi 处读书。"耐人寻味。是的,"与人浅酌,莫过志趣相投;与书相对,无非率性随心。"今天,干扰我们的东西已经够多,我们再不能去干扰了自己。很多时候,我们都需要静下来,需要把我们的手机扔到一边,对着那满天星辰开启遐想。我们要观察人类、月光和大地。

早先有一篇新闻报道,题目曾使我极度沉重,叫《两种姿势惊人相似:躺着吸鸦片,躺着玩手机》。我呆呆地盯了很久,百年过去了,我们不应当是这样的。我们不是从麻木走向空虚,从荒唐走向荒漠,我们不是醒来了吗?醒来了就该去掌控自己的黎明和早晨,就该推开窗户去迎接青春和日出。

隐在何处

人们习惯说:"小隐隐陵薮,大隐隐朝市,中隐隐外郡。"大致意思是,凡跑进深山老林去修行的隐者,还算不上是真正有大境界的人。大境界之人,即便身处朝市却不被世俗所累,更具非凡的超越力和独立精神。但事实是,这个坚守了上千年的观念其实并不准确。

东方朔癫狂一世,阮籍郁郁而终,翻读历史,朝市隐者最终都难以实现真正意义上的安顿,反倒平添了更多焦虑、忧郁、不安、浮躁。隐于痛苦之中,通过麻醉自己的神经来达到灵魂上的欢笑,这么违心的做法实在算不得高明。

可见朝市无大隐。

"大隐隐朝市"只是一个不切实际的愿望,唯其不可及,才那么虚幻地吸引人。

但无论隐于陵薮、朝市或者外郡,我们都能从中读出古今隐者给予精神世界的那一份独特的关切。无论今天的人对隐者持何种态度,这一份独特的关切始终那么自由,那么朴实无华,那么纯粹得令人感动。

当繁华的都市在夜色中又一次拉开帷幕时，满天的星星羞涩地退进了云层，不，是雾霾。霓虹灯下，有人在马路边呕吐，有人在吵架，有人在围观吵架。一层层的人群挡住了每一个出口，站在十字街头，闪烁的红绿灯反而使我们失去安全感……

夜深了，有人还抱着路边的一棵树在哭，无人问津，迷失了方向。

一千七百多年前，阮籍就时常孤零零的一个人驾着车，出了城，随意哪条路，走到穷途的时候停下车来恸哭一场，而后擦干眼泪返回去。他成不了"大隐"，便选择去做一回真实的自己，一次次地，直到死亡。

他究竟隐在了何处？

做一回真实的自己又该多么难？

今天，或许真的是一个不需要隐者的时代，人们积极融入都市，奔向所谓"极大的富裕"。还会有多少人愿意守着清贫去专注性情、痛苦和迷茫？仿佛人生来是为占有快乐而存在的。

可是我依然坚信，这个时代仍然需要一种精神传达，就像挨饿与苦难渐渐远去，但挨饿和逾越苦难的精神不能丢一样，我们应该不弃一代代人发现世界的能力和构造精神世界的种种可能。总有这么一种力量，在我们读到它时，会使我们瞬间沉静下来，敬畏和虔诚，也许这就是我们要回去的地方。

买山而隐

《世说新语》里说支道林"买山而隐",听着的确令人羡慕。在今天,买一平方米的房子都要花去好几个月工资,要把一座山买下来,实在难以想象这目的会单纯到只为了一个人灵魂的安顿。

羡慕之余我还在想,当我们占有山林的自豪感占据了精神空间的时候,要同时再开拓出一些生命的境界来,就显得十分困难了。安顿,可能会因为过分适宜而走向安逸;山村,可能会因为欲望过度而沦为山庄。所以,躲进山庄去享受所谓的田园与诗意,从来都是现代人的自欺欺人。人们之所以喜欢去获得那一份暂时的清静,是因为都明白:清静,当是暂时的;热闹,才是这个世界永恒的主旋律。

在辽阔的土地上生存,在现代文明的摇篮中荡漾,走着走着,陡然发现,原来我们一直在错过和曲解着活着的本意。

活着应当多么简单,山可隐,水可鉴,万物无须争。因为无数次得到了安宁,就连月亮都会成为自己岭上的灯笼。

只可惜呀,我们努力去买房子,却还期望未来还能够买到一个更大的房子。我们何曾想得"买山而隐"？我们只有为肉体买单，自从接受完学历教育以后，就很少为灵魂的修为投资了。

我们对灵魂的关注太少太少……

对于我们，支道林的"买山而隐"不失为一个启示。且不论买山是否真正可隐，就他抛向精神世界的这一瞥，足够我们细细品味一番。

我跟周星驰挺熟

看到一篇题为《"跟周星驰不熟"的丑陋娱乐圈》的文章,很想找一个清静地方,自娱自乐地说上两句。

其实我跟周星驰挺熟!

我知道:天才都无意间疏远着这个世界,可是后来,他们却变成了和这个世界最亲近的人。

而每一个坚持真理的人,尤其当他孤独的时候,都会视天才为自己的好朋友。

天才的光芒,最容易折射出宇宙的秘密;天才的埋没,最容易折射出一个时代的精神丑态。

娱乐圈里玩势利、玩政治、玩手段,早已不是秘密。能这么"坦然"地群体亮相,尚属第一次。这一次不针对别人,只针对周星驰。有好处,有坏处。好处就是可以借此去检验娱乐圈的诚信度。好多年不检验了,一检验吓一跳。你会发现,在今天,说实话的人越来越少,推诿扯皮、趋炎附势、见风使舵、溜须拍马的人却越来越多。普通人如此,风光的娱乐圈也如此。大批可爱的艺术家们,他们为什么都要把善良和眼泪交给自己的票房，而把冷漠和丑陋留给自己的同行？

好像不单单是娱乐圈，为了维护自己的利益或为自己创造更好的机会，攀附权贵、恃强凌弱、吞噬别人好处却还自以为是的人不在少数。不是社会进步拒斥多元发展，而是不能容忍一个群体丧失最基本的行为准则。比如睁着眼睛说瞎话，集体愚蠢，集体装傻，集体失聪。

这坏处就是：为什么天才总遭遇埋没和打压？

如果时代在进步，那么在天才的造就上则是裹足不前的。

大人物不喜欢周星驰，依然还有无数个小人物在为他鼓掌。写进历史的大人物着实不少，但要支撑人类历史一步步前进，得靠万千民众的力量。况且大人物还不等同于好人物。

周星驰不认识我，我却独自写了这么多话！估计我的哥哥读了要高兴上一阵子。许多回，他在清冷的宿舍里放下笔，合上书，忙碌的一天过去，是周星驰的电影安慰了孤独的他。还有那些逝去的大学时光里，不知道是谁把我们惹哭了，那时候，我们一伙人围在宿舍唯一的台式电脑前，很多个夜晚如此。

是周星驰把我们逗笑了。

狗的第二次驳诘

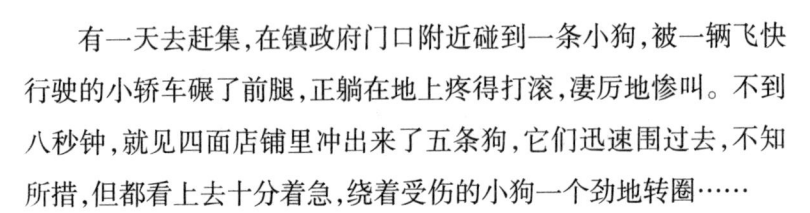

有一天去赶集,在镇政府门口附近碰到一条小狗,被一辆飞快行驶的小轿车碾了前腿,正躺在地上疼得打滚,凄厉地惨叫。不到八秒钟,就见四面店铺里冲出来了五条狗,它们迅速围过去,不知所措,但都看上去十分着急,绕着受伤的小狗一个劲地转圈……

我突然一阵久违的感动,这是一种对待生命的不麻木。因为过分冷漠,我们似乎已经习惯了当看客;因为彼此不信任,我们便从此视而不见。其实在保持天性的力量上,我们还应当向大千世界中的生命学习。

突然想起鲁迅先生写过的一篇短文,叫《狗的驳诘》。说的是傲慢的乞食者在嘲笑一条势力狗,后来反被势力狗所嘲笑。其中有一句话写得很好,这势力狗说:"不敢,愧不如人……我惭愧:我终于还不知道分别铜和银;还不知道分别布和绸;还不知道分别官和民;还不知道分别主和奴;还不知道……"看来就"势力"问题言之,狗是可以找到无数论据来为自己的立场辩护的,人要人的尊严,狗却守狗的底线,保不准要尊严的就没有了底线。所以往后再用"猪狗不如"这样的字眼来骂人的时候，很多场合中还需照顾到狗的情绪，不要轻易地去伤害狗，因为有很多做人的方式，还需要向动物学习。

　　一如人们在城市中养狗，我以为养狗的最高境界就是发现狗也有境界。

单纯也是一种力量

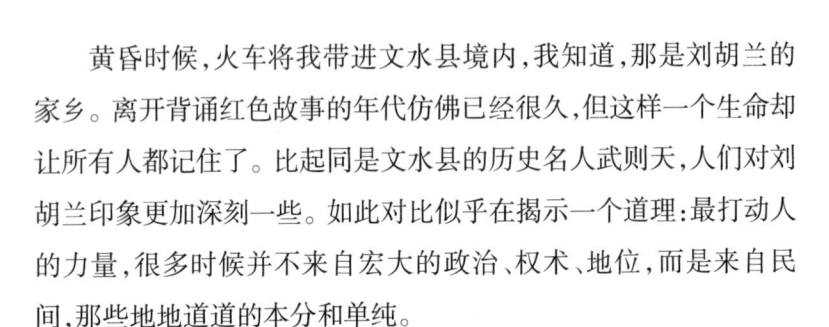

黄昏时候,火车将我带进文水县境内,我知道,那是刘胡兰的家乡。离开背诵红色故事的年代仿佛已经很久,但这样一个生命却让所有人都记住了。比起同是文水县的历史名人武则天,人们对刘胡兰印象更加深刻一些。如此对比似乎在揭示一个道理:最打动人的力量,很多时候并不来自宏大的政治、权术、地位,而是来自民间,那些地地道道的本分和单纯。

就像几千年的历史传承下来,人们能记住的皇帝、能叫出名字来的人物不多,但通过时光的检验和筛选,人们记住了董永,记住了小黄香。看来再平凡简居的人,他(她)的单纯也可能化作不可小视的力量。我们应该把握生活的细节,去观察那些充满强烈生命感的人。

入夜时分,躺在上铺看杂志,读到雪小禅的《爱的力量》,其中就讲到一个农村女人收养仇人家孩子的故事。女人为了治好孩子的脑瘫,四处求医,已经是倾家荡产。小女儿看着家里实在没钱,她说:"妈,你卖了我吧,把我卖了就有钱给小弟弟治病了,然后我再偷着跑回来。"车厢内很安静,我的心却跟着列车在颤抖……一个天真无邪的孩子,多么朴实的话语,没有丝毫的扭捏和伪装,不比我们平日里见惯了的惺惺作态。她这一句话,已深深烙在了我的脑海中。

活着虽说不容易,但可以简约,可以单纯一些。单纯一些,就会有很多人接纳我们;单纯一些,日子才能过得更明白。为什么我们的信仰一直被遮蔽,就是因为我们把自己和这个世界的本质看得太复杂了。功利使我们迷失,攀比使我们虚荣,我们和普通人的生活离得越来越远,我们才开始变得越来越普通。

我时常被身边一位老人激励着,她是校园里的环卫工人,几乎每次午饭的时候,她都坐在路边石阶上吃干粮。她一手托着玻璃杯,一手拿着馒头,有时候就一点咸菜。可是她把校园里的一花一草都照顾得很好。使我动容的是,广阔的天空下,我就见她一人,在孤独地呈现着生活的本来状态。

没有掩饰的真实,在那一刻,仿佛真理正从平凡中升起。

河阳山歌魂在哪里

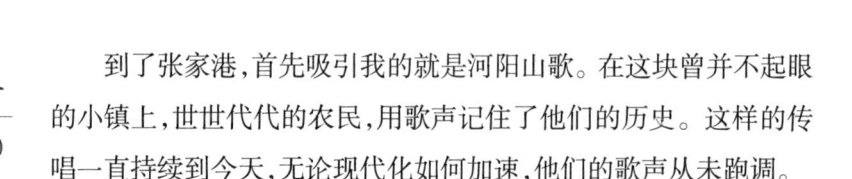

到了张家港,首先吸引我的就是河阳山歌。在这块曾并不起眼的小镇上,世世代代的农民,用歌声记住了他们的历史。这样的传唱一直持续到今天,无论现代化如何加速,他们的歌声从未跑调。

这是我到江苏几天来看到最感人的一幕。

在河阳山歌展览馆里,当地两位农民大妈还特意为我们亮了一嗓子。小小的舞台是木头搭建的,观众席摆放着十二张方桌,刚一坐在长条凳上,工作人员就端来了馨香的茶水。这一定是历史的感觉。我在想,古老的戏院和古色的墙壁曾经被大厦与霓虹灯挤出人们视野的时候,民间歌唱艺术就成了一个个流落的乞儿。这是悲情的,正如艺术多半离不开悲剧一样。可惜的是,曾几何时我们只因那悲剧人物的不幸而潸然泪下,却未曾对着这逐渐消逝的艺术掉过一滴眼泪。我们对一个人同情,对艺术却很冷漠。

两位老人还唱着,极其认真。虽然听不大明白,但我从她们的眼神中依然能读出一种对待生活的敬畏和虔诚。这是天下山歌的共同之处,也是传唱山歌的人应有的品质。人只有敢于直面生活,敢于大胆抒情,敢于去表达自己的喜悦、困惑、愤恨、迷茫和希望的时候,他的胸腔中才会激荡出自己的声音。听河阳山歌,包括全国各地各处山歌,最真实的收获莫过于听出那个原始的自己。

只是河阳山歌起步得要早一些,而且它的政治意义始终和这片土地牵连在一起。有一段文章题写得就很有意思,叫《笙歌清扬,廉润万世——河阳山歌与官宦文化》,内容大概说的是河阳当地廉官层出不穷,多半当源自山歌对人们灵魂的培育。言辞情真,其间又不无道理。河阳山歌中不乏对贪官的谴责与愤恨,不乏对廉官的高度赞誉。老百姓的唱词里折射出的是没有被掩饰的历史真相。而且山歌一旦被传唱开来,它带来的不仅是生活信息,更是一种潜在的舆论力量。这种力量必然会影响到它所从属的那个时代和时代的政治。

今天的张家港已经从古老的山歌中衍生出了一种精神,当地政府用十六字来概括,我只记住了"自加压力"四个字。是的,作为人民公仆的政府官员要给自己加压力,只有政治清廉,歌声才能更纯粹;只有政府作为,歌声才能更嘹亮。我不知道未来的河阳山歌会不会成为我们瞭望张家港的精神指引,但至少在今天,张家港人民在努力追寻着公平、正义和友爱,而且已经做得很好。这是河阳山歌的魂魄。

隐逸的姑苏

到了苏州,很荣幸住在姑苏区。姑苏,这个守了千年的名字,虽然最后只挤在一个小角落,但是到了它跟前我才发现,这份守候却并不简单。

苏州大学天赐庄校区是我感悟姑苏的第一站。黄昏已尽,数学院的大门紧闭。那时候,葛藤爬满墙壁,古树林立,这所大约修建于上个世纪中叶的红砖墙塔楼便开始了又一个晚上的沉默。不远处的园子里种着一棵柳树,不,不是种着的,是佛撒的种子。显眼的地方挂了一个牌子,上面写着"130年"。这是苏州大学永远的骄傲。行走在苏州大学校园里,仿佛处处都能寻找到故事,这的确跟上了年纪的建筑有关。置身于此环境中,我却由衷的感动。在今天,所有的大学都在紧张地现代化,唯独苏州大学"不食人间烟火",依然固执地保持着古老的质朴。

那一盏千年的渔火如今或早已熄灭,但姑苏却孕育出了新的火种。我是想:这一种倔强,一定和姑苏的隐逸不可分割。

山塘街是姑苏文明的缩影。我去的时候正逢傍晚最热闹的一刻,人头攒动,画舫轻绕江河,昆曲从亭榭中传来。精巧的建筑依山傍水,灯光煞是可爱。这街头巷尾,有人赏画、有人玩玉、有人品茶、有人刺绣、有人端砚……说实话,我去过凤凰,却未曾感受到如此强烈的艺术气象,浓烈的生命情趣使我更加明白:人,还要把握住精神升华的那一瞬。况且这街巷并非远离喧嚣,又着实在喧嚣当中,不像古城凤凰那般寂寞。在姑苏行走,我有点明白了"大隐隐于市"。

随行的几位同行一直在谈城市建设,意见不一。但说到姑苏的时候却有一个共识:在对古建筑的尊重和保护、对人与自然的理解、城市文明的反思上,苏州已经做得很好了。一座城市,能把城市建设当艺术和养生来看待的,当数苏州。

是的,"苏州银行"几个字就是草书写就的;还有不知名的店铺、不知名的人家,在门口匾额或墙壁上性情书写,馨园、画院、书坊比比皆是。回来的路上我还看到有一家人,他们在自家门前小方桌上用完了晚餐,却并不急着去收拾。而是扇扇子、喝茶、吃花生、聊天,他们对待生活的态度是自由真诚的。

姑苏似乎与现代城市格格不入,它就像一个安闲的小镇。它给剥落的青瓦墙让出了足够空间,让一扇扇紧闭的红色大门接受阳光。它把卑微留给自己,而它自己,却又无数次陶醉在它的卑微之中。

这是一个隐逸的姑苏。

小品文二则

身　价

娱乐圈最喜欢谈身价。起初我并不知道,一个人的身价究竟是怎么算出来的。

据我所知,身价的说法应该始于古代妓女,按年龄、姿色等条件来分出不同等级,再各自定好价钱。这样的界定我们还能够看明白。但现如今的评估体系却又不一样了。它不针对人,只针对人的资产,通过资产规模来计算出一个人的身价。很显然,这种计算跟普普通通的大学生无关。

说也奇怪,那些我们最关心的东西,基本上都跟我们无关。所以对于身价,权当个趣闻一笑了之。

有一天,课堂上我和同学辩论了一番,同时勉励自己:不要花太多心思在自己的身上标价格,要找一找价值。

后　台

我总觉得"后台"两个字和腐败有关。我不喜欢和后台很硬的人打交道。原因有两个：一是我结交不上这样的人，二是我不愿意成为别人的后台。

没有后台，人也就活得简单了，总能很快知道自己一个人也必须前进。有后台多累，前半生忙着找后台，后半生忙着搭后台，一生都活在后台里，多枯燥！人生要有走到台前来的机会，要勇敢去表现，要哭要笑，还要不怕被人哭、被人笑……

我勉励自己：我也有"后台"，就是登录校园网站的后台。

再读《戴丽叶春楼》

七年前,我在一个叫《清风》的杂志上发表过一篇题为《再读〈山泉〉的启示》的文章。事实上,那本叫《山泉》的小说我压根就没完,四十一万字,只读了四百多字的简介。我当时斗胆用了"再读"两个字,主要出于两个原因:一是卖弄,表示自己曾经读过很多书,仿佛该读的书都读完了,这一次是再读;二是为了获得编辑及读者的信任,显得我的文字更加有权威。

其实这都是虚荣心作祟,但却是文学界惯用的伎俩。我们应当对此痛批。所以我首先需要澄清的是,这一次题目中的"再读"不是一个时间概念,而是一个空间概念。相当于我一边读书一边想事,低头看看桌前书本,抬头望望外面世界,如此反复,两相对照着来阅读的意思。

莫泊桑的《戴丽叶春楼》就是这种适合对照阅读的短篇小说。它虽揭示的是十九世纪后半叶毒化下的法国社会风气,但对生活在当下的我们依然是一个很好的启示。

戴丽叶春楼是费康城一家有名的妓院,生意兴隆,夜夜狂欢。

很少有人愿意错过每天的聚会。应当说，它维持着这座小城人们的基本信仰，远比坐落在附近的圣艾蒂安教堂人气更足。倘若戴丽叶春楼暂停营业，那么整座城市将陷入无际空虚，人们就会像孤魂一样在街上转来转去，百无聊赖。这就好似在今天，一连几日，办公室没了网；一连几日，学校门口附近的网吧和KTV断了电；一连几日，闹市中心的商场停业。整座城市仿佛陷入空虚，人们渐渐失去了耐心，开始抑郁、烦躁、孤独、百无聊赖。像戴丽叶春楼狂欢的人们一样，事实上，我们也在以浅层的满足感来维持着基本的信仰。夜来走犂飞觞，空酒瓶子倒了一地，第二天醒来就空虚；疯狂网购之后，兜里的生活费没了，守着一堆撕烂的塑料袋就空虚。近来看新闻，说"双十一"网购狂欢节，大学生成了消费主力军。只见校园内包裹堆积如山，取包裹的人山人海，快递小哥因为不停递包裹手都抽筋了。不可否认，我们越来越成为一个个物质主义者。

再来说戴丽叶春楼。不幸的是有一天戴丽叶春楼的确挂出了布告："因初领圣体，暂停营业。"原因是这戴丽叶春楼的"太太"要领着姐妹们去参加她乡下木匠弟弟家的女儿"初领圣体"仪式。"初领圣体"是天主教礼仪中的一个重要仪式，就是儿童以其纯洁心灵来接受基督圣体进入心中。按理说，承担受洗者教母的应该是一个行为检点、德高望重之人，这里却偏偏是一个"老鸨"（戴丽叶太太），怎么说都是一种讽刺。那么，戴丽叶太太为什么会成为教母呢？其实就是因为她在费康城有很大的产业，财大气粗。

这好像在今天也是一种风尚。就是拿钱往自己脸上贴金，以钱买德、以誉求安。一些所谓的慈善，到头来却成了伪善。竟然也有人愿意为之捧场，让其逢场作戏，到处冠名。有一些因贪污受贿而落马的高官，曾大讲仁义道德以赢得不少掌声，却终究表里不一；有一些明星本以敛财为生,却还要争做别人的精神导师,撒谎造假毫不脸红。还是俗话说得好:"有钱无德不算富,有德无钱不算穷。"我们应该增强甄别意识。

总之,戴丽叶太太就那么大摇大摆地带着众姐妹们走进了教堂。她们浓妆艳抹,如烟花般光彩夺目,一进教堂,就立刻引起了骚动。后来,所有在场的人都跪拜在地虔诚地祈祷。神圣,肃然。姐妹中有一位叫萝萨萝丝的妓女,突然想起了自己的母亲,想起了小时候村子里的教堂和她初领圣体的情形,不禁哭了起来。这一哭,感染了身边所有的妓女,感染了戴丽叶太太,感染了教堂里的每一个人。于是,个个都哭了起来,悲伤的情绪席卷了整个教堂。面对群情激昂的场面,年老的神父显得十分激动,他喃喃自语道:"这是天主,是天主来到我们中间,他显圣灵了,他接受我的祈求,降临到跪拜在地的他的信徒身上。"

这个场景很感人,也很诙谐。我由此想起了近些年来热播的一些娱乐节目。全场飙泪,却各怀其意。有的人是真的感动了,有的人是因为发现了自己还能被感动而感动,有的人是被安排感动的。

给这个世界写点什么

电视剧《平凡的世界》里,孙少平和安锁子两人一起蹲在大牙湾煤矿附近的小山头上听贝多芬的交响乐,夜色深沉孤独,到处黑压压一片,静寂得就像一块煤。安锁子说:"我说你这兹冷寒天,老往出跑什么玩意,听这交响乐啊。那个田园交响乐哈,你说这全是黑乎乎大煤疙瘩,你能想出田园了咋的?"孙少平回答说:"能,你看看这边矿山,想想咱们矿区里这些人,这片天,多美啊!有时候我就想,我想像贝多芬一样,给这个世界写点什么。"

是呀,得给这个世界写点什么。即便写不出来,至少也要留下一些其他有意义的东西。人不仅是会觅食的动物,更要依靠自信和自觉去开拓生命的另一片天地,比如像孙少平那样,在黑压压的煤矿上想出田园。

事实证明,人是有能力去丰富自己的精神世界的,人在精神世界的构造中,应当不因卑微的出生、卑贱的命运和渺小的存在而自弃。每一个人,都有享受丰足精神的权利,这和公平地分享阳光是一样的道理。在思想面前,人人平等。这是历史最公正的表现。而且我相信这种寻找精神的力量是不休不灭的。亦如伏在桌前正寻思写作的我,没有边际的浮想联翩,还取了一个奇怪的题目。我是想问一问自己:我,要给这个世界写点什么?通俗地说,即是我想知道我能为我生活的世界去做些什么。借助我自己的自信和自觉,不因渺小的存在而自弃。

我时常想,我笔力所及的,是否可以充分表达出我之于这个世界的心声。我不希望它是为了迎合我的文学胃口,满足我的抱怨、牢骚,或者自我陶醉。我力求表达的,应当关切到我们这个时代共同的精神,首先是将自己从浮躁中解脱出来,再去用文字温暖我生活的世界,这期间,计较不得什么物质回报。这样一来,写起来也轻松自由,没有负担。此刻我两岁多的女儿正在熟睡,她也已习惯了看我在电脑上敲键盘,有好几次还爬上我的书桌,问她干什么,她还振振有词地说要写篇文章。我的妻子曾几次将她拉开,哄她说不要打扰爸爸写文章,他在给你挣钱买好东西。

现在,浩瀚宇宙就在我的窗外。透过这深邃的夜空,我仿佛已经感受到自己穿梭在了时光之中,周围都暗了下来,只有精神在为我点着一盏灯,那是不灭的火焰,是无数个积极生长着的生命在隔空为我传递力量,包括孙少平,这么一个故事中虚构的人物。

一切都使我强烈地感受到:人,不能没有精神追求;人,不能不把他存在的意义一直延伸向宇宙;人,要开拓性地、有价值地生存在世界当中;

究竟能为这个世界写点什么?两日前我重读路遥的《早晨从中午开始》,寻思着答案。其实对这样的问题的反复思考,早在八年前就进行着。记得我的导师启良教授曾多次对我们说,真正能称得上是中国知识分子,必须要满足两个条件,一是学识,二是担当,而且后者重于前者。后来我考取中国哲学专业博士,入学第一节课听到频次最多的一句话,也是李建群教授往后每次讲话都要郑重提到的:中国知识分子一定要有良知。担当、良知,两个神圣的词语即定格着中国知识分子在中国历史上的精神模子。没有良知、没有担当,便称不得是真正的中国知识分子。

路遥在他的文章中写道:"岁月流逝,物是人非,无数美好的过去是再也不能唤回了。只有拼命工作,只有永不休止地奋斗,只有创造新的成果,才能补偿人生的无数缺憾,才能使青春之花即便凋谢也是壮丽地凋谢。"

有了诸师的教诲,我要更加仔细去斟酌自己的生存意义。我不是作家,但我一样要负起责任来,一如要担当起属于我们的使命,对这世间的生命充满悲悯和怜爱。

《永恒不在远方》背后的人和事

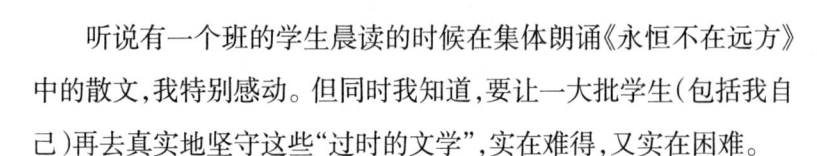

听说有一个班的学生晨读的时候在集体朗诵《永恒不在远方》中的散文,我特别感动。但同时我知道,要让一大批学生(包括我自己)再去真实地坚守这些"过时的文学",实在难得,又实在困难。

几日前拜访本土一位出色的文学理论批评家,谈到写作的时候,他对我说:"你的路子是对的,尤其在我们生活的这片特殊的土地上。文学,一定要关注人的生存问题,要挖掘人的存在意义和价值。"我被他的真诚打动了。几年来的书写也使我明白一个道理:文学,应当回归它的理性,走向人的超越,走向人的信仰,走向灵魂深处。尽管我只是一个不入流的平凡的作者,但我依然有责任走进黄土高原千沟万壑,走进我生活过的这一片土地,去发现那不曾引起人注意的潜在力量。

后来,我的不少文字刊印在了城市报纸的副刊上,无论何种慰藉,至今,我都应当做到的是,让我的写作与我的生存保持一样的卑微。人,不能过于粉饰,诚如文学不能过于粉饰,再奢华的演出它也有卸妆的时候。人在舞台上,但人并不一直在舞台上。人,很多时候需要的还是真实。

早先读到曹乃谦的《到黑夜想你没办法》,曾被那个叫"温家窑"的地方牵动着。温家窑的瘦弱,温家窑裸露的苦难。流淌在曹乃谦笔下的仿佛已经不是文学了,而是奔腾的生命,是一道道滑过世界稍纵即逝的流星的光弧……我以为这才是文学的最高样式。可惜于我而言,对于西海固,我至今尚未领悟到它的真谛,所以我有的只能是写作,诚实地写作,锲而不舍地写作。

记得写《糜面馍馍》一文的时候正值潭城夏天,我走在晌午的校园,因为过分闷热,便想起了在故乡用凉开水泡糜面馍馍吃的情景。首先是我的祖父,夏天炎热的时候,午休前他就将糜面馍馍掰开放在碗中,倒上凉开水,再用一个碗捂在上面,等起床以后来吃。可我和哥哥总会偷偷溜进厨房,连馍馍带汤吃个精光。平日里倒是十分厌烦糜面馍馍,总觉得塞进书包不够体面,那时候去偷吃祖父的口粮,多半源于童趣。日子虽然过得不够体面,但因为我的祖辈父辈们从来都固执地守望着这片土地,所以故乡于我,永远藏着说不尽的感情。

散文集要出版的前一个月,我的哥哥还专门从西安打来电话询问,他希望我能把杂文中涉及的一些真实姓名隐去,能把"日出山梁"一辑中的篇目再好好调整一下。听得出来,他对故乡亦有一种隐隐的、特殊的偏爱。

大约只有我的二奶奶一人,是人们不大愿意提到的了。

我的写作杂文意识是 2009 年开始形成的。当时我在潭城读研究生,导师启良教授对我的启发很大。他讲授中国哲学,却坚定地走了一条杂家的路子。他时常说:"大凡真正的思想家和政治家,即便身在方外，都或多或少地带有宗教情怀，都具有常人很少具有的不忍之心。"课堂上，好几次他都噙着眼泪。他叮嘱我们，作为当代中国知识分子，一定要有担当，学问一定要关乎世道人心。他的《龙种与跳蚤》一书就是我往后学习写作杂文的很好的指南。

  前几日搬了家，住在郊外一处安静的园子里。晚上下班，身影从夜色中穿过，我看见月光守住了一座城市。突然想起白天同事给我转发来的一篇文章，叫《生活不只是眼前的苟且，还有诗和远方》。有一句这么写道：谁要觉得你眼前这点儿苟且就是你的人生，那你这一生就完了。生活就要远行，能走多远走多远。走不远，没有钱，那么就读诗，诗就是你坐在这，它就是远方。

  一个卑微的读书人要在这世上很好地活着，不能没有诗。